本日限定漬佐紫蘇飯糰，請慢用

幸福移動餐車營業中！

高森美由紀
周奕君——譯

目次

序章 5
第一章 青森地雞肝飯糰 11
第二章 銀杏飯糰 97
第三章 酥炸銀魚飯糰 177
第四章 竹莢魚南蠻漬佐紫蘇葉飯糰 243

序章

在臨海的懸崖上，盛開著紅紫色的鳶尾花和明亮的黃花菜。青森縣八戶市的種差海岸沐浴在陽光下，青碧色的草坪在海風中起伏，下方展開的大海一片平靜，波光粼粼。

種差海岸對面一家老字號旅館的停車場裡，停著一輛白色卡車。車身兩側敞開著，車門上小小地寫著「餐車『&』」。樸素的全白車身似乎不是刻意設計的，而是沒有任何改動。這樣就敢自稱為餐車，只能說勇氣可嘉，畢竟比起來貨運列車還花俏多了。

烹調空間後方的門開著，透明的塑膠掛簾搖曳飄動，看來是為了防蟲。櫃檯邊的菜單上排列著好幾種飯糰。一旁站著像是湊巧路過、西裝革履的年輕人，正一邊滑手機、一邊等待出餐。

在那位年輕客人身後，餐車裡的男人捏著飯糰，口罩上方露出了一雙溫柔的眸子。看似店主的男人約莫二十多歲。和煦的陽光經蒸氣反射，將男人包覆在柔和的光線中。

男人將飯糰小心翼翼地放進有兩個並排凹槽的盒子，然後將盒子蓋好，與紙巾一起放入紙袋，遞給那個年輕人。

年輕人在接過紙袋時順口說了一句「最近眼睛有點累啊」。男人立刻接話，「紅蘿蔔有效。加在飯糰裡怎麼樣？」這時，他捏飯糰時的溫柔神情已經消失了，目光變得凌厲，語氣簡短、直率，又像是不容置疑。

然而，年輕人對他那副表情和語氣似乎並不覺得奇怪，神情驀地明朗起來。

「我明白了，那我追加一個飯糰。」

男人拿出了一根紅蘿蔔。

一捏起飯糰，他的臉龐就變得像菩薩一樣平靜。

洗淨，去皮，快速切絲。倒入熱煎鍋後滋滋作響。接著，男人撒了些鹹海帶[1]，搖晃起煎鍋，又撒上醬油和味醂。原本專注滑手機的客人漸漸抬起頭來，

1　以醬油熬煮後浮出鹽巴的海帶。

沉迷於眼前的烹調過程。

最後，男人在餡料表面淋上香油，香氣立時升騰。他將冒著熱氣的餡料包入米飯，在掌心輕輕彈起，迅速捏製成三角形，然後放進一顆飯糰用的包裝盒遞給年輕人。

年輕人彷彿等不及般一把撕開紙巾外包裝，快速擦了擦手後，謹慎地從盒子裡取出剛接到手裡的飯糰。

這是一顆黑黝黝的飯糰，外面包覆著一層閃閃發亮的厚切海苔。將鼻尖湊近飯糰，深吸一口氣。米飯溫暖的水氣透出海洋的香味。

豪邁地大口咬下。海洋的香味撲鼻而來，米飯像在嘴裡融化了一樣。那白飯粒粒分明，不乾硬且富彈性，散發出優雅的甜味。甜味與鹹味兼具的餡料與米飯極為搭配，芝麻油和醬汁滲入飯糰，味道濃郁爽口，白飯和餡料的分量達到絕佳的平衡。

「真好吃……整個人都放鬆下來了。」

海鷗如貓般的叫聲與湧動的海浪聲交織迴盪。向大海望去，只見一隻黑尾鷗[2]在漁船上方翩然起舞。

2 一種中型海鷗，由於叫聲像貓，又被日本人暱稱為「海貓」。

第一章

青森地雞肝飯糰

黑尾鷗的叫聲融入了海潮聲，從遠方傳來。

堆滿貨物的倉庫內沒有空調，就像湯屋的蒸氣室般悶熱難耐。

大門敞開著，海風偶爾會吹拂進來，帶來一絲絲清涼。

從圍繞著公司的樹木間看出去是一條單行道，這條被稱為「海貓線」的道路，目前堵得水泄不通，車輛絡繹不絕地朝種差海岸駛去。

我隸屬於物流部門，日常的例行工作是在倉庫大門旁的桌子前，即時監控電腦上顯示的訂單狀況，然後備妥訂單上的健康器具、健康食品和日用品。

物流部門的辦公室就在隔壁那棟樓，部門主管和同事都在開著空調的辦公室裡面對電腦工作。而我除了打卡或繳交文書資料，幾乎不會踏入那間辦公室。

訂單來了。

我推著摺疊推車走向倉庫深處取貨。松井先生正站在鋼架前。據說他從這家GREAT LIFE公司退休已經十年了，每到夏季繁忙時期才會回來幫忙。只見他不時清著嗓子咳嗽，一邊拿著手持掃描器掃描條碼，上身穿著短袖POLO衫，下身是寬鬆的灰色工作褲。公司也發給我同樣一套制服。松井先生那條灰褲子的褲長改得剛剛好。

他時不時地摘下印有公司名稱的墨綠色鴨舌帽，撓撓那白色的平頭。重新戴上後，左右稍微轉動讓其更穩當，又繼續以手上的紅色光束掃描紙箱上的條碼。

「不好意思，從後面過一下。」

我從松井先生的身後快速通過，很快找到了目標的水，將三箱水搬上摺疊推車。就是松井先生告訴我，搬重物時要蹲下以免傷到腰。他總在工作服下繫著腰痛用的護腰帶，我心想還是遵循過來人的建議比較好。

我推著水到出入口時，一道瘦高的身影出現在水箱上。

一抬頭，是小坂紘一。入社第二年的他也是倉庫管理員，但主要負責與總務科、業務科等部門的協調工作。不同於我和松井先生身上的成套制服，小阪通常穿著襯衫和西裝褲。

「市川小姐，東西已經送到業務科了！」

「辛苦了。接下來這幾箱也要麻煩了，請送到卡車上。」我將摺疊推車交給他，轉身從打印機上撕下一張單據，撕開離型紙後貼上。

「遵命。我也有東西要交給你。預計放在網站上的新品廣告設計案的回覆意見來了。喏，就是這個。」他遞來一只透明文件夾，裡面裝著我們前幾天才提交的床墊廣告設計建議。公司並未限定在所屬部門內徵集方案，而是廣泛徵求各部門員工意見。

那份建議方案中，背景是明亮的白色，正中央放置一張床墊，床墊上坐著一名穿著睡衣、面帶微笑的外國女性。

「**優質舒適的睡眠**」

這句文案用了強勁的粗黑色字體。

我以為這樣的設計很簡單明瞭。

卻還是看見了熟悉的紅字。

整排紅色的回覆意見是「整體感覺很拘束」、「太壓抑了」、「廉價感」、「看了不會想睡」、「根本成了家具賣場」、「文案不夠吸引人」、「字體與產品概念不搭」。

「每次都被批評成這樣，真讓人失去幹勁啊。」

我無力地收起文件夾，朝門口微微仰著臉。悶熱的海風卻讓心情更加沉重。

「看來要重新提交了喔。」小坂說。

「也只能這樣。那你的方案通過了嗎？」我問。

後輩哈哈大笑，「怎麼可能！我還得在兩點前整理好健康器具的庫存量咧。」

「真是沒完沒了……」

我接過管理文件夾時，午餐的鈴聲響起。松井先生將手持掃描器順手放在電腦旁，走出了倉庫。

「啊，松井先生，去吃飯嗎？路上小心。」我在後方喊著。松井先生邊走邊輕咳了一聲，像是在回應我。他坐上了停放在倉庫旁的輕型卡車，發動引擎，駛向海貓線。

午休時間，有些同事會去公司附近的食堂，有些會買回來辦公室吃，或是自己帶便當，去休息區或在車裡用餐。不曉得松井先生會在車裡吃，還是回到離公司約十五分鐘路程的家裡用餐呢？

目送卡車漸漸遠去，我又看了管理表一眼。

「慢著，你剛才說兩點？那不就沒時間吃午飯了嗎？」

「是啊。那我把這些搬上卡車就去吃飯。」小坂快速轉身。我一把抓住他的襯衫。

「別想溜。你還得幫忙。」

小坂一臉不情願地回過頭，就像才沖好泡麵，客戶突然上門一樣。

「這不是我的工作啊。」

「也不是我的工作。但畢竟是整個部門的事，我們就得做。」

「松井先生真會挑時候啊。」

「我們的運氣還不差，松井先生已經在手持設備上輸入一部分庫存了。」

「好吧……」

咕嚕——

小阪的嘆氣聲和我肚裡的咕嚕聲同時響起。

「祐實前輩說過你工作能力很強呢。」

我試圖提振後輩的士氣。

「咦，真的嗎？」

小坂頓時眉飛色舞。

富澤祐實前輩大約三十來歲，也負責新進員工的培訓工作，是一位非常關心同事、值得信賴的前輩。她通常將一頭黑髮在脖頸處盤成髮髻，梳理得很整齊。總是挺直背脊，優雅地踩著高跟鞋。她的工作能力很強，幾乎歷練過公司所有部門，目前隸屬於產品部門。但似乎與總是巴結上司、對下屬卻極為苛刻的同期男主管不太和睦。

小阪拿起桌上的手持掃描器，打起精神嚷嚷著「趕緊做完吧」，便意氣風發地走向倉庫深處。

我將未及肩的頭髮隨意往腦後一紮。

繼續掃描沒多久，我便耐不住飢餓，從口袋裡掏出了營養補充食品，剝開銀色包裝紙就啃了起來。小坂很快瞥了我一眼。

「啊，又在吃。老是吃個不停，身體真的不要緊嗎？再說也太不公平了，我都還沒吃，快幹活吧。」

「我不是在偷懶。這給你，你也吃點吧。」我說道。

「不用啦。」小坂回答。

我們一邊掃描，物流部門的同事陸續拿著錢包從倉庫前經過。

「市川小姐，已經午休了喔。」

「你們不吃午飯嗎？」

「市川小姐還要忙。」小坂早我一步回答。我們對看了一眼，小坂接著正色道，「什麼嘛，工作還比吃飯重要。」同事們笑著揮手，邊說著「哎呀，真可憐」、「加油喔！」，邊朝停車場走去。

看著她們離去，我心想反正也打算拒絕午餐邀約，小坂幫忙說了也好。內心雖這樣想，又有股說不上來的鬱悶。我啃起了營養補充食品，繼續聽著手持掃描器發出「滴」的掃描聲。

每次和同事聚餐，我都覺得渾身不自在。

因為我常常吃不完。大家都吃得差不多了，只有我的桌面還有食物，就會感受到一旁投來的異樣目光。但這的確是我不好，所以也沒辦法。

雖說聚餐對促進職場的人際關係很重要，但對我來說反而會打壞與同事的關係。明明是美味的餐點，卻剩下那麼多，也會讓店家觀感不佳。尤其是坐在吧檯前更糟，簡直如坐針氈。就算想再去同一家店品嘗美食，也往往因為之前剩下飯菜而短時間內不敢造訪。雖想等店家忘記這回事再去，但可能過沒多久店就關門了。

去別人家吃飯我也會盡量推辭。

新進員工歡迎會簡直是地獄。

多吃點、多吃點，在歡迎會上不停被餵食，為了避免惹惱前輩，只好將食物努力往嘴裡塞，到頭來在眾目睽睽下直跑廁所。不用說，這樣的我還是惹來了前輩側目。我由衷感到自己很長一段時間在公司裡毫無立足之地，說不定被分發到物流部門的倉庫也是出於這一點。但要是遇上不如意都怪自己的小鳥胃，恐怕哪天連郵筒是紅色的都能記上一筆。

可是，我很快就餓了。只是上班時吃東西很容易被認為在偷懶，正餐雖吃得少，體重也不見減輕，反倒成了牙醫的常客。還有，明明吃得很少，卻得分攤聚餐費用也令人心煩。就算交了男朋友，想必很快就會因為飲食不合而分手。再說我酒量又差——啊，這點倒和小鳥胃無關。

小鳥胃真的一點好處也沒有。

差五分鐘就一點了，這時松井先生走進倉庫，打算接續上午的掃描作業。我告訴他那一區已經完成。他先是一愣，接著輕咳了一聲，繼續掃描剩下的貨架。
確認了庫存情況，接下來我可以獨力完成整理數據。
我讓小坂去吃午飯，當我將數據提交給課長時，已經過了下午兩點。
聽見腳步聲走近，我回頭一看，是小坂。他拎著一只棕色紙袋，嘴角還掛著一粒白飯。
「市川小姐，你吃過了嗎？」
「還沒。我剛剛才整理好數據交給課長。」
我雙手交握，高高舉起伸了個懶腰。
小坂坐到鋼製摺疊椅上，手機放在桌上，一邊播放影片一邊從紙袋裡拿出餐盒。他掀開蓋子，是兩顆黑黝黝的飯糰。一陣濃郁的海苔香氣飄了過來，我感覺胃中一陣翻攪，不自覺吞嚥著口水。
小坂拿起一顆飯糰，張大嘴正要咬下去。突然間他斜睨著我。我們四目相交。他露出了彷彿向猛獸求饒的神情，小心翼翼地將飯糰遞過來。

「……要吃嗎？」

我這才意識到自己整個身子都湊到了小坂身旁，直盯著那飯糰瞧。我連忙挺直背脊，慌亂地婉拒，「不用、不用，沒事。」小坂笑了笑，放鬆下來的臉龐看起來有點像水豚。

「好險，要是給市川小姐吃了，我就只剩下一顆飯糰了。」

「你這傢伙，明明像個水豚，還一臉天真地說這麼殘酷的話。」

「一顆飯糰就很殘酷了啊。」

「我不是那個意思。況且，你回來前就吃過了吧。」

「你怎麼知道？」

「你怎麼會以為我看不出來？」

小坂順著我的視線，手指同時移到嘴邊，佯作若無其事地將飯粒撥進嘴裡。

「飯糰很大吧？」

「唔，的確很大，比便利超商的更大。一口肯定吃不完。」

「一般來說，本來就不可能一口吃掉便利超商的飯糰。人就是這樣。所以，你不是在便利超商買的吧？」

「我原本打算去食堂，路過種差海岸時，看到了一輛移動餐車。」

「哦，真的嗎？好難得。」

「餐車主人說自己開業才第二個月，就他一個人負責接待和烹調。可能因為應對上有點冷淡，當下沒什麼客人……不過飯糰看起來很好吃，我就停下來買了。」

如果外帶回公司，就算吃不完，店主也不會生氣，還可以放公司冰箱，晚點再帶回家吃。

「那我也過去看看。」

開著喜歡的輕型轎車去種差海岸只需四分鐘車程。雖說多走點路對身體好，但餓了大半天早就沒力氣，更別說還得走好一段路。老家的父親就算只是去兩百公尺外的便利超商也要開車，但不是只有他這樣，鄰居都一個樣。在鄉下，車子才是真正的「腿」這句話，既非玩笑，也不是打比方。如今只能搬出鄉下的例子來為懶散的自己找藉口。

種差海岸人潮湧動。

眼前佇立著一座木造外觀的旅遊諮詢中心，上頭的旗幟在徐徐海風中輕快地飄揚。

修剪得整整齊齊、鬱鬱蔥蔥的草坪，在迎面吹來的海風中輕輕搖曳。

那片廣闊的草坪下方，是一片白色的沙灘。

遙望地平線，從海面反射的陽光略微刺眼。耳邊傳來海鷗如貓一般的叫聲。一抬頭，黑尾鷗正在空中翱翔，看似在風中掙扎，又像在玩耍。這裡靠近日本最大的黑尾鷗繁殖地——蕪島[3]。

面對無垠的大海，驀地湧上一股想去哪裡看看的衝動。並不是對工作不滿，但是剛從一片灰撲撲、空氣窒悶的倉庫來到充滿色彩與風的戶外，不免會冒出這樣的念頭。只是，現在肚子好餓啊。

環顧四周，沒看見行動餐車。跨過眼前的柵欄，問了一位正在操作割草機的大叔，他說餐車剛剛離開。

凝視著往返於海貓線的車流，剝開貼有便利超商標誌的保鮮膜，咬了一口。過了三點，訂單也減少了，可以慢慢享用。

小坂推著擺滿五十捲衛生紙的推車從倉庫深處走出來。他拿起電腦旁的電話，撥號後將話筒貼在耳邊，眼神同時掃了過來。

「離下班只剩兩小時，現在不吃也行吧？」

「不是為了接下來的兩小時吃，而是為了填補這之前空腹的空白。」

---

3 蕪島位於種差海岸的最北端，每年三至八月，黑尾鷗會飛到島上育雛，其數量多達三至四萬隻，幾乎整座島都被黑尾鷗所覆蓋。

「真是太有道理了。你吃什麼飯糰？」

「唔，你說這個？口味是……」我看了看包裝上的標籤，上面附了張像是加工過的小顆梅子圖。我將附圖的那一面轉給小坂看，「是梅子啊。」小坂輕笑了一聲。

「你根本不知道吃了什麼啊……您好，我是GREAT LIFE的小坂。」對方接起電話，小坂立刻轉變了語氣。

無論是什麼我都會吃的。因為我選擇食物的標準，首先是能不能吃完，再來才是食材和成分，真正想吃的食物會放在第三、甚至第四順位考慮。

聽著小坂在電話中反覆為撥錯電話和發錯郵件道歉，我繼續嚼著飯糰，咬到餡料時，酸味一下子在口中漫了開來。不僅酸，還帶著一股藥味。

我趕緊拿起瓶裝綠茶喝下一大口，然後揉揉下巴，輕輕喘著氣。

差不多快五點，輪班的員工來了，終於要從倉庫中解放出來。

星期日全公司休息，但基於輪班制，有時星期六也要上班。但大家倒是不常加班。

我去物流科的辦公室打了卡，下樓來到一樓大廳。幾名物流科同事和其他部門的女同事聚在一起，非常顯眼。和灰撲撲的倉庫相比，這裡全然是另一種色彩。

「大家辛苦了——」

打了招呼正想走開時，一位比我晚一年進公司的物流科同事叫住我。

「市川小姐辛苦了！你也要來參加飲酒會嗎？」

「說是飲酒會，其實是聯誼啦。」

這麼一說，同事們的衣著的確比平時顯得更華麗、裙子更短，眼妝閃閃發光，睫毛濃密加長，鞋面明亮具設計感，鞋跟也更高了。

「哦……唔，我就不用了，謝謝你邀請。」

才開口拒絕，就感覺到她們之間彌漫起一股略帶輕蔑感的尷尬氣氛。

「辛苦了。」

再次公式化道別後，我轉身走開。身後傳來一陣竊竊私語，「有男朋友嗎？看樣子沒有，真可憐。」

運動鞋踩踏在地面的聲音愈來愈大。只要用力踩地，運動鞋也能發出不輸高跟鞋的聲響——啪嗒啪嗒啪嗒。

我鑽進停車場裡的輕型轎車，關上車門。在這只有我一個人的空間裡，我大喊了一聲，「吵死了！」

我沒有男朋友。和前男友交往兩、三個月就分手了。當時他對我說的話，反覆在耳邊回響。

「雖然一直沒說，但我實在受不了你老是剩下飯菜。每次細嚼慢嚥看了就沒胃口，和你一起吃飯，一點也開心不起來。」

後來回想，換作是我可能也會覺得不滿。但是，我並不是故意剩下飯菜。要是吃得完，我當然希望全部吃光光。可下再大的決心，我的小鳥胃也不會變大，這時我感到一股深深的無力感，以及不被理解的痛苦。

記得是小學時的事了。班上有個叫柴田的男生，他的體型又高又壯，大家都覺得他將來會成為相撲選手。柴田平時不苟言笑，但每到烹飪課和午餐時間，卻總是流露出一臉幸福的神情。

同組成員中還有個矮小又愛作怪的猿賀，以及班長泉山。

記得那次烹飪課，菜單配置是以豬肝炒豆芽為主菜的三菜一湯，大家分頭準備好後就坐下來享用。

我當時望著不太喜歡的豬肝炒豆芽，一邊感受著空腹的程度慢慢扒著飯。這時，坐在旁邊的泉山以異樣的眼神盯著我說：「你是裝可愛才這樣吃飯吧？」

聽他這麼一說，我感到非常委屈，於是拚命往嘴裡塞飯。眼淚都快流出來了。

「臉鼓成這樣好像倉鼠。醜八怪。」柴田向我拋來屈辱的話語。

我真想回擊他一句「你才每天頂著一張胖嘟嘟的臉」。但我說不出口，因為嘴裡塞滿了飯，況且柴田在某種意義上成了我的英雄。因為——

「你不喜歡豬肝炒豆芽嗎？」柴田的眼神飄向我盤子裡剩下的豬肝炒豆芽。

「給我吧。」

如同相撲選手般的英雄柴田，伸出同樣胖嘟嘟的手接過盤子，將豬肝炒豆芽掃個精光。我艱難地嚥下嘴裡的飯菜後向他道謝。柴田一如既往沒有回應。

泉山氣憤地向老師告狀，指責我犯規。老師只溫柔地說，吃自己能吃的量就好，不需要拚命吃。

不過，對我來說可不是「吃完就算了」這麼簡單。為了彌補耍小伎倆逃過被責罵的愧疚，我還主動替大家倒廚餘、洗餐具。

從小到大，只要和別人一起吃飯，我就覺得渾身不自在。不僅要擔心餐點分量，還要在意周圍的目光，往往把自己弄得疲憊不堪。我只希望不需要動腦筋、也不用花費任何心思，隨心所欲、毫無愧疚感的吃東西就好。

從公司回到我的公寓大約需要十分鐘車程。下班路上順道去了便利超商。我住在一棟三層樓公寓的二樓邊間，每一層有三戶。

進了屋，房間裡瀰漫著熱氣。我走進狹小的廚房，順手將超商的袋子放在桌上，然後打開水槽對面的窗戶，又打開西曬的窗戶。聽說在冬季漫長的北方地區，很多房子都有西向窗戶。我拉上了藍色的蕾絲窗簾，讓風能吹進室內。

從冰箱裡拿出瓶裝檸檬茶，倒入杯中緩緩喝了一口。口渴時我會喝飲料或茶，而不是水。因為水不像那些有味道的飲料，喝水常讓我覺得肚子很快就飽了。

「啊——終於可以放空了。」我大大嘆了一口氣，整個人癱坐在椅子上。一旦坐下了就不想再站起來。並不是因為今天工作多辛苦，只是一天要到尾聲時往往覺得身心俱疲。接下來只想洗澡和吃飯，什麼事都不想做。

我望著流理台上的鍋子表面隱約映出的模糊倒影。

都是自己搬出來獨居時購置的，但幾乎沒使用過。

我不禁心想，不使用的東西也會變得黯淡無光啊。

努力撐起疲憊的身軀，走去水槽洗杯子。

我將袋子裡需要冷藏的食物拿出來放進冰箱，然後去洗澡。

梳洗完回到客廳，瞥見茶几上的手機在閃爍。我點開語音留言的播放圖示。

「啊，是我啦。」

心直口快的語氣，是住在鄰鎮的母親。

我專心地聽著，一邊從冰箱裡拿出檸檬茶。

「茉奈，平常有在吃蔬菜嗎？家裡的胡蘿蔔、番茄和毛豆都長得很好，回家來拿點吧。蔬菜很重要。不要光吃肉和零食。你吃不多，更要注意均衡飲食。你還記得吧？春天蘿蔔長那麼健壯你沒來拿，後來我只好分給鄰居了。」

母親總是在家前面的小菜園裡快活地種菜，然後一臉自豪地將收成分給左鄰右舍。

看來這次的菜也要分給鄰居了吧。我將檸檬茶倒進杯子，繼續聽著母親滔滔不絕的告誡，一手將買來的熟食擺在茶几上。

肉丸子、一根春捲和羅勒章魚沙拉。

管他什麼聯誼會，一個人吃飯輕鬆多了。吃著剛剛好的分量，吃不完也不會被責備。無需在意別人的眼光，想吃再吃就好。因此，超商販售的手掌大餐盒在我眼中簡直是神物。大學時，我就常自己下廚，畢竟沒辦法掌控外食的分量。不只三餐，我連零食都自己動手做，自製零食還可以趁新鮮吃。

曾經有段時間，我身邊有了能夠一起吃飯的人。於是我在烹飪上投注了更多的熱情，要是按自己的標準做兩人份不夠，那我就多做一點。一般來說，做兩人份比做一人份更好吃，而且不論做什麼，那個人幾乎都一掃而空，我吃不完的，他也會幫我吃掉。這讓我感到很放心，也更隨心所欲地下廚，開發新菜色。

和那個人分手後，我又變成一個人，吃不完的食材囤積著也是浪費，漸漸不再下廚。鍋子表面變得愈來愈黯淡，我也習慣了去便利超商購買熟食。

我端詳著咬了一口的肉丸子。這是什麼肉呢？或者，這是肉嗎？但可以肯定絕對不是豬肝。

購買熟食很方便，但是也有不得不妥協的地方。

首先是味道，其次是香氣，還有食材、調味、季節感、外觀、營養。一次又一次不斷妥協，能讓步的都讓了，最後剩下分量。我吃得完嗎？就算習慣了外食，每次購買前仍要仔細斟酌。

就像剛才在超商裡，我從貨架上拿起一個銅鑼燒，一感受到它在手心上的分量，食欲瞬間減弱，只好又將其放回了貨架。

吃不完的食物存放起來會變得又乾又癟，香氣消失殆盡，只剩下黏膩的油脂。這樣的變化往往讓人感到非常沮喪。

第一通語音留言結束後，母親又留了第二通，同樣滔滔不絕地講述與鄰居的互動、公園清掃值日、雞蛋漲價、對在家打工的弟弟的擔憂、還有父親才安裝好的架子又掉下來之類的瑣事。

我仰頭靠在椅子上，聽著母親的聲音。

不知是第幾通留言，母親似乎也抱怨得差不多了，結束前又再次叮囑「要回來拿蔬菜喔」。然後切斷了通話。

房間驀然變得寂靜無聲。

在螢光燈的光芒下，那份吃剩的熟食被照得慘白。

我對這幕景象早就習以為常了，但突然間，腦海中浮現出自己過著「自由輕鬆的一人用餐生活」終老的畫面。有時雖覺得這樣也不錯，但內心不由得掠過一絲冰冷的寂寥感。

將報價單送交給蕪嶋神社附近的企業客戶後，我沿著國道四十五號線南下返回公司。途中經過一家便利超商，便停下來買午餐。

但因為已經過了一點，餐盒區和麵包區彷彿遭到了禿鷹掠奪，只剩下「請隨意取用」的醬油包。無奈之下，我隨手從貨架上拿起一包顯眼的單包裝巧克力，結帳後，繼續駕車沿海貓線南下。

海貓線嗎？不曉得今天行動餐車在不在？

我在種差海岸旁停好車，青翠的草坪上空微風徐徐吹拂著，絢麗的大海在眼前朝遠方蔓延開來。我四下環顧，只見旅館旁停著一輛貨車，一位穿著深棕色圍裙、戴同色系帽子的高個子男人正在鎖貨車的車翼門。

仔細一看，車身上繪有「『&』行動餐車」的字樣。

車身相當樸素，幾乎沒有任何加工，似乎很珍惜車體材質，但或許只是單純什麼都沒做。整面白色。不仔細看根本看不出是餐車，還可能被誤認為一般運輸用的小貨車。

總之，看來那就是小坂說的行動餐車。也許還有賣剩的飯糰，我懷著一絲希望，走進了水泥地面已出現裂痕的停車場。

我順著餐車裡延伸而出的絕緣電線走近，看到一個男人正往旅館走去，我朝著他的背影喊道：「你好……不好意思。」

男人回頭看向我。看起來年紀和我差不多大，但臉上戴了口罩也很難說。他那副有著雙眼皮的深邃眼眸直直瞅著我。

「你……」

男人眉頭微蹙。就像小坂說的，給人不易親近的冷淡感。也許他正打算收攤離開，沒想到卻被我叫住而感到困擾。不過這樣就擺出一張難看的臉，難怪小坂會說客人才小貓兩、三隻。最重要的是，餐車既沒有播放背景音樂，也看不見任何招牌或旗幟，一點也不像在經營店面。

「有什麼事？」

果然很冷淡。但既然都來了，也不能就此退縮。

「呃……餐車應該已經打烊了吧？……飯糰還有剩嗎？」

「有的。」

「是嗎，那太可惜了……欸？還有在賣嗎？」

只見男人輕巧地從另一側進入餐車。

餐車內部的料理空間幾乎和我公寓的廚房一樣大，但天花板比較低。這讓我回憶起小時候躲藏在洞穴或祕密基地時的那股雀躍感。

通道約有兩個成年人側身通過的寬度。

靠近餐車入口的左側，從前往後依序是貨架、出餐口，前方還有冷藏櫃、電飯鍋和微波爐。最裡側的車頂安裝有換氣扇，也有空調，比公司的倉庫還要舒適。

右手邊是垃圾桶。兩層的水槽下方緊密地放置了塑膠水箱和電磁爐。天花板附近的小空間，擺放著收納保鮮膜和調理容器的儲物架，並以橡膠擋板固定，防止行駛中掉落。閃閃發亮的刀具以磁鐵固定在牆面。整體設計非常功能化，基本能滿足餐車的一切需求。

男人稍微調整好口罩，從一份透明文件夾中抽出菜單遞給我。

我接過菜單，男人迅速在水槽裡洗起了手。

我想既然是在他準備收攤時突然上門打擾，那還是看老闆方便比較好。

「那……就來份老闆推薦的招牌飯糰吧。」

男人那雙銳利的眼神射向我。

我不由自主後退了半步。

只見男人微微瞇著眼，彷彿在上下打量我。我垂著頭面向菜單，心想他說不定會朝我破口大罵「每一種都是招牌啊！」，也可能拿起砧板敲我的頭或持菜刀衝過來。他的表情像在說這就像吃早餐一樣簡單。感覺頭頂像被火烤一樣，但並不是夏日的陽光，而是男人的銳利目光。要不讓自己被烤焦或禿頭，得趕快點餐才行。

「有過敏嗎？」

「沒有。那我想要……」

不曉得能不能請他做小一點的飯糰。

「小一點的？」

我猛然抬起頭。男人盯著我的眼神依舊嚴厲。這是在挑釁我嗎？我不禁有點生氣。

「還是一般大小就可以了？」

「我要小一點的，拜託了！」

男人並沒有生氣，反倒是我不自覺拉高了音量。然而，男人的表情毫無變化。他從靠近天花板的儲物架中抽出一副薄手套，戴上後，氣氛立刻變了。感覺像換了個人似的。男人原先犀利的目光變得溫和，雙眼的線條也柔和了起來，緊鎖的眉頭獲得舒展，眼角擠出了親切的紋路。

到底怎麼回事？難道只因為我打斷他收攤，他打算將這股氣發洩在飯糰上，暗中在飯糰裡下毒？

我不免胡思亂想起來，決定仔細觀察他的一舉一動，以防萬一。

我努力踮著腳，試圖看清他的動作。

只見他拿起勺子，將某樣食材放入蒸騰著熱氣的煎鍋，鍋面隨即迸出滋滋聲，伴隨著升起的煙霧。那縷煙霧愈看愈像是男人的怒氣，我打從心底感到一絲寒意。

男人默默地往鍋裡添加調味料，不時晃動煎鍋，動作熟練又快速。我彷彿只看見了手臂的殘影，又覺得鍋鏟和煎鍋陣陣的碰撞、摩擦聲都像是男人的斥責聲。然而他的臉龐顯得很安詳。也許是因為他將滿腔憤怒都傾注到鍋裡，所以整個人顯得相當平靜。

醬汁的香氣隨著煎鍋上的煙霧飄了過來。

這時，他一把握住帶手柄的大煮飯鍋鍋蓋掀了起來，濃重的蒸氣從飯鍋裡升起。看樣子煮好的白飯還剩下很多。

男人將蒸騰著熱氣、閃閃發光的白飯倒入碗中，然後再倒入另一個碗。碗和飯勺都是木製的，盛飯時碰撞的聲響渾厚悅耳。

他以掌心捏起白飯後刮去一半，將手伸到我面前，讓我確認分量。我點了點頭。

接著，他從煎鍋裡舀起配料盛放在飯上，輕盈地按三下捏實，再小心裹上厚厚的海苔，放進包裝盒。

他將包裝盒裝入一只棕色的紙袋，迅速遞到我面前。我差點伸出臉去接。

這時男人又皺起了眉頭，像盯著報價單的客戶一樣盯著我。周圍的氣氛彷彿隨著烹調結束瞬間降了溫。剛才製作料理時那張溫和的笑容呢？面對這突如其來的變化，我一時間反應不過來，腦子不禁混亂起來。說不定那副溫和的形象，只是因為自己太餓了而出現的幻覺。

「這是用青森縣地雞做的梅醬燒雞。」

男人以平淡的語調說道。我疑惑著正想開口，驀然間明白了他說的是飯糰的餡料。我們之間彷彿閃耀著近乎奇蹟般的微光。

「青森縣地雞？」

我忍不住反問。男人的太陽穴微微跳動。

「是青森縣的特產。」

「好像聽過……但菜單上沒有？」

我再次瞥向菜單，的確沒有。

「因為你看起來很疲倦，我就弄了些能幫助恢復體力的餡料。」

他一邊說、一邊洗碗。我不由得愣住了。

真沒想到他居然已經觀察了我的狀況。

我們見面不過短短幾分鐘，我就擅自認定他是個冷漠又惹人厭的傢伙。可現在看起來，反倒是任意在他身上貼標籤的我，才是那個惹人厭的傢伙。

「感、感謝您的好意。」我說。

或許別人看我一臉疲倦。但與其說疲倦，不如說我已經餓到了極限。想到明顯露出了疲態的自己，未免有些難為情。

「其實也算不上好意。畢竟你說要點『店長推薦』。」

這是我頭一次被店家稱作「你」[4]，心裡不禁一股氣冒上來，但轉念一想，

4 原文中的「あんた」（你）帶有上對下、稍嫌不客氣的意味；也可用於關係較親近的平輩或晚輩。這裡反映出男主角不在乎人情世故、不善於做表面工夫的態度。

生氣只會讓我更餓，而我現在幾乎餓到說不定發點脾氣就會昏倒的地步。於是我深深吸了口氣，努力平復情緒。

「順便說一下，我在餡料裡也加了點雞肝。」男人的眼眸閃動著。

我低頭看向紙袋，彷彿聞到了飯糰的香氣。

「雞肝是一種只需少量攝取，就能獲得足夠營養的優質食材。」

謝謝您的高見。我當然知道，但實在從來沒喜歡過雞肝。誰教我要求店長推薦，也只能默默接受。況且，雖然眼前這位店長總是一臉冷淡，製作餡料的初衷卻意外地體貼，我還是相當感激。這時，我的肚子已經咕咕直叫了。

「請問多少錢？」

我故作平靜地詢問。

「一百八十。」他簡潔回答。

「和其他飯糰一樣啊，這樣夠嗎？明明是店長特別客製化的。」我略感不安。

男人聽了一聲不吭，依舊面無表情。

我將零錢放在找零盤上。

剛道謝完，男人已經轉身回到了餐車裡。

我調頭想走回停車場。

才一轉身，眼前就映入了種差海岸一望無際的草坪和大海，這時清爽的海風吹拂而來，海鷗歡快地鳴叫著，在風中盤旋舞動。

我的腳步不由自主轉向了一旁的長椅。既然下午的工作已經告一段落，應該不需要立刻趕回去吧。

我在老舊的木製長椅上坐下，打開包裝盒。雖然不愛吃雞肝，但並沒有聞到難聞的腥味。是因為被白飯和海苔包起來了嗎？倒也沒聽說還有防臭的效果。

我拿起飯糰，大小剛剛好。我暗忖著，或許乘這個機會克服自己不喜歡的食物也不錯。我盡量樂觀地想著，做好心理準備。

「我要開動嘍。」

我張口咬下。

海的氣息從鼻尖飄過。海苔比預想中的還要厚，嚼起來有些費勁，讓我想起了小時候遠足或運動會時母親親手做的飯糰。不是現在市面上那種酥脆的海苔，而是從老字號乾貨店買來的溼海苔。好懷念啊。

白飯略硬，米粒顆顆飽滿，口感香甜。第二口，第三口。

不知不覺間，摻入雞肝的餡料已經下了肚。搭配濃郁甜辣醬汁的餡料和浸透醬汁的白飯，不僅沒有想像中令人卻步的腥臭味，反而是生薑和梅子的清爽風味占了上風。

梅子也不是那種加工品，口感柔軟，酸味溫和，還帶著幾分水果的清新滋味，是如假包換的新鮮梅子。餡料和白飯的比例恰到好處，鹹味、辣味、甜味的平衡也剛剛好，美味得讓人想一口氣吞下肚。但我克制住這股衝動，慢慢地品味著。

我凝望大海，耳畔迴盪著海鷗鳴叫和海浪拍打岸壁的聲音，靜靜咀嚼著飯糰。原來如此，或許在這裡，沒有背景音樂才是最好的。

我回頭望向行動餐車，男人仍低著頭忙碌著。

仔細一想，其實是我不好。

我不應該等工作告一段落後才來買午餐。要是有人在我休息的時候硬要我工作，我也會不高興。為什麼同樣的事發生在自己身上就難以忍受，卻能如此輕易地強加在別人身上？總覺得連自己都無法信任自己。

我吞下在嘴裡化開的飯糰，心情也隨之變得舒緩。

我再次走向仍停在原地的餐車。男人正在咖啡滴漏器上放咖啡粉。

「飯糰……」

我想在離開前，再次感謝他都要收攤了還為我做飯糰。「很好吃。」我說。

男人原本忙碌的手停下來，瞥了我一眼。神情還是有點嚇人。但這麼美味的飯糰應該要大賣的，老闆這張冷淡臉實在很吃虧。

「肝處理得很乾淨，一點腥味也沒有。很好吃，謝謝。」

男人仔細盯著我，重新調整好帽子。

「肝必須徹底處理。反覆清洗之外，還要浸泡在牛奶裡一段時間。味道濃郁的海苔、生薑和梅乾也有去腥的作用。」

他的語氣似乎稍微柔和了一些。我接著說道：

「真用心啊。梅子柔軟且酸味適中，吃起來很順口。」

「是我奶奶醃的。」

「奶奶……」

原來是手工醃漬的。沒想到會從他口中聽到「奶奶」這麼溫馨的詞語。那是個怎樣的奶奶呢？

「白飯的鹽也調得恰到好處。」

「嗯，用的是三陸海水在柴火上煮出來的鹽。」

「哦，感覺有點甜。」

「那種鹽能引出白飯的鮮甜。」

突然間，男人的臉微微扭曲起來，眼睛瞇成一條縫，雙眼皮變得明顯。他在笑嗎？還是肚子痛？

「我以為放雞肝不會被賞臉。」

「的確很多人不喜歡內臟。」

「我指的是，你。」

「啪」一聲，腦中的理智線斷了。

可以這樣稱呼顧客嗎？實在太過分了[5]。

店主說完又自顧自地沖起了咖啡。

我想大聲抗議，然而怒火中燒的我一時找不到合適的話語反擊。

我也不是白白混了四年職場，至少還懂得情緒管理。我再次深深吸了口氣，努力平復心情。數到六。一、二、三、四、五、六。生氣這種事誰都會遇到。

5 這次男主角用的「お前」（你）常見於上對下關係，或是熟識朋友之間的對話，但是對初次見面的人使用帶有不尊重的意味。

要想從生氣的情緒中抽身，保持物理上的距離是最好的。我調頭就走，快步朝車子前進，腳步聲又啪嗒啪嗒響起。

我坐進車裡，發動引擎，繫上安全帶，準備出發。

男人那冷漠的臉龐在腦海中揮之不去，還有他老是直呼「你」的無禮態度。

我重重踩下煞車。

深呼吸。

一、二、三、四、五、六．

任誰都會遇到不爽的事——

可是我……

「受不了啦——！」

我一把扯掉安全帶，幾乎是踢開車門衝了出去，直奔行動餐車而去。

只見男人正拉下口罩，啜了一口杯中的咖啡。

我衝向出餐檯，雙手重重地拍在上面，檯面傳出「砰」一聲極大的聲響。這瞬間我也心下一驚，但怒氣並未因此消散。

「我說——」

我大聲喊道。男人仍啜著咖啡，只默默瞥了我一眼。

「在店家要收攤前還上門點餐是我的錯，對不起！但是可以直接拒絕我啊，像剛才那樣隨便將不滿的情緒像杉樹花粉[6]一樣到處散布，也太不成熟了吧？」

「杉樹花粉……？我並沒有不滿啊。」

「還有，對顧客直呼『你』這樣對嗎？」

男人露出一種觀賞瀕危動物的眼神盯著我，繼續喝著咖啡。

「喂，我在說正經的，你居然還在悠哉地喝咖啡！」

「你還沒想起來我是誰嗎？」

我一臉疑惑地上下打量著他，眼神中滿滿的不信任。

6 日本人常受花粉症困擾，杉樹花粉就是誘發的一大源頭。

薄嘴唇，略大的嘴型，高挺的鼻梁，雙眼皮。

「你是……誰？」

男人皺了皺眉。

「你以為謊稱是熟人就能蒙混過去嗎？」

令我意外的是，男人只是用深邃的眼眸靜靜地看著我。

「沒什麼好蒙混的，我可沒做虧心事。」

「我沒說你做虧心事。我說的是你的服務態度很差勁，明明有能力做出那麼好吃的飯糰，還能依顧客的需求客製化。但你卻擺出這種態度？這樣下去，顧客很快就會跑光了，你親手扼殺了銷售機會。實在太可惜了。我並不是要求你提供多麼周到的服務。一般的就好。迎接顧客時說句『歡迎光臨』，也不要失禮地稱呼客人，這樣就差很多了。更別說，你要是平常就能像烹飪時露出那副溫和的表情就更好了。」

我一股腦兒全說了。雖然剛開始情緒過於激動，但氣頭過了之後，也慢慢能以言語來梳理自己的思緒。

男人面無表情地凝視著我。

但這個人是怎麼回事？完全看不出我這番話對他造成了任何影響。

「總之，我不認識你。你是不是認錯人了？」

男人的太陽穴上浮起明顯的青筋。我才不在乎咧，我的青筋肯定比他更明顯。

「你是市川吧。市川茉奈，八戶中央小學，午餐總是吃不完的市川。」

我整個人呆住了，緊盯著眼前的男人。

他微微勾起嘴角，銳利的弧度看起來就像打磨後的刀鋒。我的怒氣倏然一散而空，我小心翼翼地問道：

「……你是誰，為什麼認識我？」

他將不鏽鋼杯子放在冷藏櫃上。

「柴田，柴田拓海。」

聽到這名字，我的記憶瞬間被喚醒。

那個一副相撲選手模樣的英雄？總是繃著一張地獄看門人般的可怕臉孔，只在烹飪課和午餐時間才露出微笑的柴田？

「你真的是柴田？就是那個柴田？」

「除了那個柴田，還有哪個柴田？」

直率而生硬的語氣，就是典型的柴田。一股懷念的心情湧上心頭。同時也因為小學時曾受他幫助、現在卻在他面前大發脾氣的失態而感到難為情。

「好、好久不見，柴田，你變了好多。」

「我可沒變。」

「內在沒變，但外表變了。看起來更健康了。」

「自己下廚之後就瘦下來了。」

柴田將杯子拿到水槽中清洗。那雙胖嘟嘟的手臂，已經變得結實而線條分明。

我瞥了眼手機上的時間，暗忖自己還能再待一會兒。我在長椅的一端側身坐下，一樣看著餐車。

「做餐車之前你在做什麼？」

「在餐館上班。」

「為什麼要辭職？」

「因為我想做餐車。」

柴田伸出食指指著腳下。

「我想為那些無法到店用餐的人，提供能快速享用的餐點。」

「啊，附近的店家的確很少。光是超商就要跑五、六公里遠，沒有車很不方便啊。真沒想到，你居然考慮到了這一點。但正因如此，更應該要好好招呼顧客吧？」

「什麼？」

「搞不懂你既然想獨立開業，為什麼對待客人這麼冷淡。」

「我不覺得我冷淡。」

時間彷彿在這一刻停滯了。

我深吸一口氣，時間再次流動。

「我好震驚。原來聽到令人震驚的發言時，時間真的會停下來。你居然毫無自覺！太強了。」

「什麼？你在諷刺我嗎？」

「我只是很震驚。」

「比起殷勤招呼客人，更重要的是料理吧。提供美味又健康的料理才是根本。」

「不不不，接待客人和味道及營養一樣都是料理的一部分。不能只專注在料理本身。」

柴田直盯著我。我忽然感到有點不自在，稍微挪動身子。

「抱歉，像我這種連飯都吃不完的人還在這裡大放厥詞。」

「話說回來，我好像在餐飲學校聽老師說過類似的話。」柴田嘟嚷著，像是在搜尋記憶。

「你呢？現在在做什麼？」

「叫我市川吧。我在一家賣健康器材和食品的電商公司上班，每天待在倉庫裡。」

「這麼熱的天還得蹲倉庫？是在進行什麼懲罰遊戲嗎？」柴田又沖起了咖啡。

「或許吧。但我懶得去想那些，畢竟整體來說也滿自由的，除了我之外，倉庫裡還有個大叔和一個來了兩年的年輕人。只是沒有同事間的午餐，也沒有部門聚餐。」

「因為你不想和別人一起吃飯嗎？」

「叫我『市川』。老是吃不完午餐會破壞氣氛。怎麼樣都不能破壞同事間用餐的愉快氣氛啊。」

「沒想到你會這樣想。」

「我說了別直呼『你』，叫我『市川』。你這傢伙。」

「好凶。」

「我只是照你說話的方式，我平常才不會這樣。」

柴田將手中的杯子遞過出餐檯。

「咖啡。」

我走近餐車，說了聲謝謝，然後從出餐檯接過杯子。再次瞥了一眼手機，心想喝完咖啡就得回公司。

回到長椅上，我將鼻尖湊近杯子，濃郁的香氣撲鼻而來。咖啡的香氣壓過了海風的氣味，我感覺全身放鬆下來。

「是固定來這裡開店嗎？還是每週或每個月哪幾天才會在？」

「結尾是五和〇的日子。一般來說前一天會先在社群上公告。」

「其他時間呢？都在別的地方？」

「嗯……原本以為這個季節種差海岸會有很多遊客，人潮一多生意才會好。沒想到不如預期。」

「關鍵不是人潮吧，我認為還有更大的問題。」

柴田反手叉腰，緊盯著我。

「看吧，就是這樣，別老板著一張臉會更好喔。」

「那要我怎樣？」

「微笑微笑。」

我露出微笑做為示範。只見柴田皺起眉頭，表情有點不對勁。

「……柴田，你一副在喝水溝水的樣子，哪裡不舒服嗎？」

柴田恢復了一臉正色，眉頭仍皺在一起。看樣子他之前一臉扭曲的表情其實是在微笑。

「市川，你笑得好蠢，看起來像個傻瓜。」

我斂起笑容。真希望他掉進海裡去。

「微笑能提升業績。柴田做料理時，臉上會露出很溫柔的表情。接待客人也要用那張臉。」

「我不知道到底是怎樣的臉。但就算我會露出溫柔的表情，我也不想『利用』這一點。我討厭那些裝腔作勢的表面工夫。」

「當然，專注在料理和手藝很好，但也要多點銷售策略。怎麼說都是競爭激烈的商業世界嘛。」

我的目光掃過餐車。

「例如餐車本身可以多點設計：車身噴上明亮的顏色、掛上招牌、多貼幾張海報、強調菜單等等，讓大家遠遠就知道你在賣什麼，而且商標要大。」

柴田的臉突然沉了下來。任誰被挑剔都會感到不悅。

「但我覺得沒有播放音樂還不錯。」

柴田沉下的臉似乎變得和緩了些。任誰被誇獎都會暗自竊喜。

「不過，要是在沒有自然聲響的地方擺攤、或是在市區開店，還是得播放音樂才行。」柴田的眼神驀然飄到另一頭，一位女士正牽著孩子走向餐車，他立刻露出了扭曲的表情。雖然對於他在聽取建議後願意親身實踐這一點深感欣慰，但是……

只見那位女士像是見到了棕熊般驟然停下腳步，身旁的孩童也嚇得放聲大哭，快速躲到女士身後。真可憐啊，孩子或柴田都是。

女士一把拉緊孩子的手，正想轉身離開。

「請等一下！」

我連忙將杯子放在長椅上，追了上去。

「歡迎光臨！這裡有美味的飯糰喔。我們都是現場下單現做，白飯光鮮飽滿，粒粒分明。白飯的鹽味調得非常好，是野田鹽，用三陸的海水在柴火上煮出來的，口感圓潤甘甜，充分提升白飯的美味。我們在白飯和鹽都下足了工夫，所以不論是鹽飯糰、還是加了餡料的飯糰，都非常可口。還能根據您的需求客製化餡料喔。請隨時向我們點餐。」

我露出微笑。眼前的女士似乎鬆了口氣，一旁的孩子也停止哭泣。

接著，那位女士向我點了餐，我轉身告訴柴田。柴田一邊抱怨為什麼不直接向他點餐、一邊動手製作飯糰。一開始烹調，他的表情很快就和緩下來，看起來就像一隻心情愉快的柴犬。

我將飯糰交到那對母子手中，然後低頭查看手機。

「啊，糟糕，我該回公司了。」

我將杯子放回出餐檯。

「謝謝招待。多少錢？」

「不用啦。」

這時，一輛麵包車駛入停車場，看來有客人上門了。我將長椅上的垃圾清理好。

「謝謝你的咖啡。先走嘍。」

「喂，等一下。」柴田從出餐檯探出身子。

「什麼？」

「你……市川，你什麼時候休假？」

「我們是輪班制，休假日不固定，要先確認過班表才知道。怎麼了？」

「你有沒有興趣來幫忙？」

我疑惑地偏著頭。

「有空的時候來就好。」

他的眼神變得凝重，臉色也更可怕了。我感覺自己要是拒絕了他，很可能就會被殺掉。

小學生的我受過柴田很多照顧，要不是他，我可能根本不敢去學校。當時吃不完的營養午餐，也都是由他幫忙解決的。回想起兒時的煩惱，忽然覺得自己或許得為他小時候的體型負起一部分責任。

「當然沒問題。就算不會被殺掉，我也願意來幫忙。」我拍拍胸脯。

「殺掉？你在說什麼？」

「啊，沒什麼。那我確認過班表後再聯絡你。」

柴田緊繃的肩膀放鬆下來。

我和柴田交換了聯繫方式，然後就回到車上。

駛上車道前，我從後照鏡望著餐車上的「&」。柴田對走近的客人努力拉高嘴角、綻放笑容，但好像還是失敗了。我露出苦笑，踩下油門向北方去。

回到公司，小坂問道：「辛苦啦。市川小姐發生什麼好事了嗎？」

「咦，為什麼這樣問？」

「因為氣色看起來很好。」

「是嗎？說到好事，應該是終於吃到了那間餐車的飯糰了吧。」

「哦，你也遇到了。很好吃吧。是令人安心的味道呢。招牌上的店名『&』會不會也是安心的意思呢？」

「看來是喔。」

想起了那顆從柴田手中接過的小巧飯糰。

這才是真正令人安心的味道啊。

胸臆間洋溢著滿足感。我確認過班表後，將接下來的休假日傳給柴田，不久柴田回覆。

「三十日的十一點，來種差海岸。」

「是在下挑戰書嗎？」

我翻了個白眼。

在三十日到來之前，我向柴田詢問了菜單，然後趁下班後設計新菜單和宣傳海報。雖然我在公司偶爾也要負責廣告提案，但都比不上這次所投入的熱情。我希望讓更多人品嘗到柴田手中的美味飯糰、讓更多人愛上那樣的味道。

他的飯糰是真正令人安心的味道。

腦海中浮現出人們咀嚼飯糰時露出的笑容，我將這份心情寫進了文案與設計概念。實在難以置信，這樣的我居然如此期待那天的到來。手邊工作的進展相當順利，就算不盡完美也無妨。因為實在是太有趣了嘛。

三十日當天，種差海岸上出現了一部黃色的餐車，車身上是煥然一新的「&」，店家LOGO變得又大又醒目。看到柴田接受了我的建議，我內心激動不已。

柴田正在車內做開店的準備，同時電源線也已連接到旅館。我下了車，手裡拎著紙袋，朝他走去。

「柴田，早安。」

「哦，早。」

「我今天要做什麼？」

「接待客人。」

「那我先在這裡準備一下。」

柴田沒有問我要準備什麼，便轉身繼續忙碌。從後門看進去，他正在將水槽下的水箱連接到管道上。

我從紙袋裡拿出新菜單，謹慎地貼在車身上，然後以美紋膠帶固定，避免留下痕跡。我還特別選用了印有飯糰圖案的膠帶。

開店似乎準備得差不多了，柴田從餐車裡鑽出來，低頭看著正在張貼菜單的我。

「就是為了做這個才問我菜單嗎？」

「還有這個。」我指了指一旁攤開的海報。

海報上繪著一大片海洋，還有一部沿著海岸行駛的白色餐車，上頭寫著「**行動餐車『&』精心烹製、手工現做的熱騰騰飯糰！厚海苔裹上營養豐富的餡料，只有這裡才能品嘗到海風味十足的美味飯糰。來吧！帶著家人、朋友和戀人，一起徜徉片刻的飯糰時光**」。

當我問起柴田店名「&」的由來時，他說其實很單純，就是「白飯&餡料」。因此，我在海報上進一步解讀為「帶著……一起」。

小坂所說的「令人安心的味道」，我則轉化成「徜徉……時光」的文案。謝謝你，小坂。

「花了多少錢，我給你。」

「沒多少，別在意啦。難得動手畫畫，感覺像回到了小時候，很開心啊。手繪感也不錯吧。」

我繞過柴田，開始在車身貼起海報。

「廣告詞也是你……呃，市川想的？」

「嗯，我平時在公司就常做這些事。」

雖然到目前為止的回饋大多是批評。

「真難想像你是怎麼想出這些話。」

「因為想讓更多人吃到你的飯糰啊，所以就想出來了。如果你早點告訴我要把車子漆成黃色，我就可以把車子改畫成黃色了。」

柴田聽了一聲不吭，只是靜靜地看著。

「手繪啊……」

「比起大家常在網上看到的插圖，親手繪製的更能凸顯真實感。」

柴田撓了撓耳朵。

「你說的『真實感』指的是什麼？」

「唔，可以說是投注在飯糰裡的『心意』或『誠意』吧？」

我一邊說著，轉身看向柴田。

「總之，道理說再多也沒用。味道是不講理的，對吧？這幅畫也有它的味道喔。是不是感覺很不錯？」

「看起來像個大管子。」

「啊，你是說空地上常被孩子王當作演唱會舞台的那種大管子嗎……唉呀。」

柴田沒有理會我的玩笑話，直接走上餐車。

「喂，你覺得怎麼樣？」

我對著他的背影問道。

「什麼怎麼樣？」

「像是海報啊，哪裡覺得不好都可以說喔。我早就習慣被批評了，想說就說。」

柴田不作聲，一一排好平底鍋和鍋鏟等用具。

「你不說的話我怎麼知道？說嘛。」

「我說過覺得不好才會說，但我什麼都沒說。」

我不禁愣住了。

我回過頭看著在海風中輕輕搖擺的海報，忍不住捏緊拳頭，在心底歡呼。

我和柴田四目相交，他的眼眸似乎變得溫柔了些。

然而黑尾鷗的影子才掠過了他的臉龐，那張臉又投來了嚴厲的目光。

「——難道是我眼花了嗎？」我喃喃自語。

柴田沒聽清楚下意識反問：

「你說什麼？」

這時身後傳來了男性的聲音。

「不好意思，可以點餐嗎？」

我立刻回頭，本能地喊出「歡迎光臨」。隨即，我和眼前的客人同時驚呼出聲。

「小坂。」

「市川小姐。」

小坂的身後是公司用車。今天只有我休假，小坂和松井先生都在公司。

「市川小姐在這裡做什麼？」

「呃，幫同學一個忙。」

「同學嗎，哇。」小坂抬頭看向柴田，柴田隔著出餐檯瞇起眼回看。小坂聳了聳肩，湊近我耳邊低聲問道：

「你那位同學今天好像也臭著一張臉，他怎麼了？」

「他平常就這樣，不是真的在生氣。」

小坂一副理解的表情點了點頭。

我遞給小坂菜單。

「今天吃什麼好呢？」

柴田以犀利的目光盯著小坂，等待點餐的眼神正灼燒著這位年輕人的頭頂。

小坂只是一派輕鬆地看著菜單。

「小坂，要不要嘗嘗看我之前吃的那種飯糰？」

我對著那顆被炙燒的頭頂喊道。

「啊！對耶，還有『會發生好事』的飯糰。那我來一個。再來是……」

「黑蜆。」

柴田冷不防開口，然後緩緩戴上手套。那張生硬的臉瞬間變得柔和。

菜單上的文案「當季名產！東北町小川原湖霸王黑蜆，奶油醬油調味，肉厚飽滿！」，就是直接引用自柴田的原話。

「那就這種！」小坂爽快地點了兩個。

「你覺得富澤前輩吃得下幾個？」

「你幫前輩買飯嗎？」

「嗯，她今天有班。」

「要買幾個喔……唔，我也不清楚，但兩個應該差不多吧？」

小坂又加點了一顆青森地雞肝飯糰，總共點了四顆。

柴田手中捏著飯糰，微微一笑。感覺他幾乎不費力氣，只是讓白飯在手掌中輕輕地彈著，飯糰就成形了，真是奇妙。

小坂拎起裝飯糰的袋子，微微搖晃著走回車子。

這時，許多顧客從小坂離開的方向陸續朝餐車走來。小坂的出現似乎引來更多人潮。

我將訂單轉達給柴田時，一旁傳來清嗓子的聲音。

轉過頭，是松井先生。他直視柴田，點了三顆以八戶港現撈魷魚捏製的天婦羅飯糰。送出訂單後，他長長地呼了口氣，彷彿剛完成一項任務般昂首環顧四周。接著我們目光相遇，他咳了一聲。

我搶在松井先生開口前說道：「餐車店主是我的同學，我只是來幫忙的。松井先生之前就來買過這裡的飯糰嗎？」

松井先生又清了清嗓子。「最近才開始買。很好吃。」

素來不多話的松井先生居然稱讚「很好吃」，我內心相當雀躍。但我不確定柴田是否聽到了評價。我悄悄瞥了一眼，一貫的臭臉沒有變化。

松井先生盯著被分裝進兩個餐盒的三顆飯糰，嘟囔道：「我一個人可吃不了三個啊。」說完便離開了。

客人愈來愈多。我負責接訂單、遞出做好的飯糰、收付款項、安撫哭鬧的小孩、追著滾走的沙灘球邊撿垃圾，還要指引廁所的位置。

客人逐漸散去，一點過後，只剩下長椅上用餐的一對情侶。

我在餐車上掛出「準備中」的牌子。柴田則在水槽洗起米來。

「這是賣得最好的一次。」

淘米時的沙沙聲聽起來好輕快。

柴田遞給我一張凳子。

「坐吧。我要捏飯糰，你想吃什麼？」

「謝謝。」我接過凳子，放在餐車的後門旁邊。

「要是還有青森地雞做的梅醬燒雞飯糰就來一顆，沒有就隨便吧，用剩下的材料就好。」

柴田俯身查看。

「還有。」

柴田加熱平底鍋，將密閉容器倒扣在鍋面。

「啊，等一下，那是最後一個嗎？應該要先給客人啊。」

「無所謂。」

柴田將搗碎的梅子和青森地雞肝拌炒後，捏成飯糰，擺到盤子上。是和上次一樣的小飯糰。盤子上還有奶油醬油炒扇貝。

「小鳥胃要想攝取足夠的營養，現有的食材中，這些最好。」

「謝謝。」

我伸出雙手捧著飯糰。

好溫暖，就像捧著一個小生命，一股暖意從指尖流向全身。

「我開動了。」

我大口咬下。這股美味讓我不自覺深吸一口氣，我驀然意識到自己在認真地享受食物。

我細細地咀嚼每一口。就算過去這樣吃飯老是被批評，現在的我只想專注品嘗眼前的飯糰。

「謝謝你，分量剛剛好。」

柴田沒有回應，但看了我一眼，應該是聽到了。

「我啊，正餐幾乎都吃不完，對食物、對做飯的人、對一起用餐的人都感到很愧疚。後來只要面對食物，就會不自覺緊張起來。」

好累啊……像是再也無法壓抑般，我傾訴著內心的苦惱。

這是一直以來沒能向任何人訴說的心事。

「現在不少店家都可以根據客人的食量來分配菜量，吃不完還能打包。就算是到別人家作客，也可以提前說明自己食量小，這樣在飯後表達感謝時就不會讓對方感到不愉快。很多可行的方法。」

我點點頭表示同意。從做料理的人口中聽到這樣的建議，很值得參考。

「下次我會試試。」

「小鳥胃也很好啊，可以乘機分享食物。」

我忍不住笑了。

「與外表不符的積極啊……唔，也不能這樣說。你在烹調時，臉上總是充滿光采，所以是懷著積極的心態下廚。」

扇貝的口感扎實而鮮甜，味道濃郁，奶油完美地滲入，局部呈金黃色的肉質緊致，甜味更形濃縮。我記得貝類也有助於緩解疲勞。

「你打算營業到幾點？」

「哦……差不多也該收攤了，但今天賣得很好就……」

我也沒指望他會說「多虧了你」之類的話。

「做到四點左右吧。市川，你能再待一下嗎？」

「當然啊，都來幫忙了就要做到最後。」

柴田點了點頭，然後轉身從冰箱裡拿出食材，準備拌炒幾樣配菜。

我一邊咀嚼飯糰和扇貝、一邊望著柴田忙碌的身影。

他洗淨食材，切好，放進一只大碗，在一旁備妥需要的調味料後，點燃爐火，一氣呵成地翻炒完成，他充分利用兩座爐火，絲毫不拖泥帶水，流暢地進行每一道步驟。換作是我，可能會不時停下來思考「呃，接下來應該要……」，但他的動作行雲流水、毫無間隙。餐車上的每一樣物件似乎都是他身體的延伸，而他也同時成了餐車的一部分，爐台、煮飯器、瓦斯、水龍頭都在他掌控之中。

還有那副樂在其中的表情，難怪能做出這麼美味的飯糰。

柴田轉向我。我們目光相接的瞬間，原本悠哉放鬆的感覺驀然消失了，就像在觀賞職業魔術師的演出。

「什麼？」

我和柴田異口同聲。

我隨即噗哧笑出聲來。

柴田的表情微微扭曲，就當他也笑了吧。

柴田站在調理台前吃著剛炒好的菜。

我察覺到自己正坐在唯一一張椅子上，而且還吃了最後一碗飯。

「啊，抱歉，你坐吧。」

我立刻站起來，將凳子遞給他。柴田只是默默將眼神移開，繼續吃著盤裡的菜。於是我再次坐下。

看著柴田大口吃飯，心情就瞬間豁然開朗。小學時他也是這樣吃飯。每當見到他那副津津有味的模樣，就覺得自己也做得到。雖然我還是常常吃不完。

「飯不夠應該要跟我說，我就不吃了。」

「我沒差。」

「也不是因為你啦，只是覺得有點不好意思。」

「市川以前也是這樣吧。每次烹飪課都搶著倒垃圾和洗碗，就是因為對大家感到愧疚感吧。」

原來他都看在眼裡。可能早就看穿了也說不定。

「吃飯不需要懷著罪惡感，專心品嘗食物就好。」

我心裡一震，像打開了長期壓抑在心底的一個結。

過了三點，客人又陸續湧來。柴田將煮好的白飯分兩次盛入碗中，然後捏成飯糰。我問他為什麼要分兩次。他說這樣才能讓空氣跑進去，適度排出水分。

「我還以為你是為了放涼。」

「這也是原因之一。」

也有回頭客上門。

「感覺吃了這裡的飯糰之後精神變好了，工作上也能更賣力。」聽了反饋，忍不住想和客人握手。

在倉庫工作並不會直接面對客戶。就算偶爾收到客戶的建議，也幾乎不需要回應。可是在這裡，不論好壞都是直接感受，而且每一位顧客的需求都不同，實在很有趣。

面對形形色色的需求，柴田總能快速給出準確的回應，讓我佩服不已。比如母親來買飯糰給不愛吃蔬菜的孩子，他會在肉末中加入煮熟切碎的綠葉蔬菜，再以醬汁調味；對蝦過敏的客人，他會以雞腿肉替代製作成接近乾燒蝦仁的風味；有時還會為受高血壓困擾的客人製作低鹽飯糰。

在倉庫不可能進行差異化服務。但在這部行動餐車，不僅可以直接面對顧客，還能根據他們的需求隨時調整應對。

營業時間比原訂計畫超出了一小時，到了五點多，顧客才漸漸離去。

我坐在長椅上休息。

「喂，拿去。」

柴田從圍裙口袋裡掏出一只白色信封遞給我。

「這是什麼？」

「工錢。沒有很多。」

「不用啦。」

「不行，這點人情世故我還是懂的。」

「真的不用。我今天真的很開心，況且明明是我欠你人情。」

「什麼人情，我不記得了。反正你就收下吧，要不然我也過意不去。」

我站起來，低頭看著他手中的信封。記得小時候，那手背上還有個小酒窩，如今卻是粗大分明的骨節，圓潤的手指也變得細長。

「謝謝。」我雙手恭敬地接過信封。

「我才要謝謝你。」他生硬地回應。

當年幾乎分不出下巴和脖子的柴田，如今下巴尖了，頭頸的線條變得俐落，耳下往鎖骨斜斜延伸的肌肉結實分明。

人都會改變。

「但我不是因為錢才來幫忙。」

「我知道啦。」

「那我們整理一下就收攤吧。」

「你不用，我一個人收就好。」

「好吧，那你加油。辛苦了。」

我朝正準備清理檯面的柴田揮了揮手，然後走向車子。

回到家，門前放著一只籐編籃子，籃子裡附了一張便條紙，還用水果番茄[7]壓好以防被風吹走。

---

7 水果番茄非指特定品種，而是一種番茄栽培法，透過改良種植技術，提升番茄甜度。

母親總說「我的字不好看，不想寫字」，因此她平時很少寫筆記或備忘。但這次居然特地留下一張手寫的便條紙。

便條紙上是一行認真而拘謹的字跡，寫著：

「給茉奈：你一直不回家拿，我就拿來了。吃不完就分給公司同事或其他公寓住戶。」

籃子裡除了水果番茄，還裝滿了表面仍附著泥土的胡蘿蔔和毛茸茸的毛豆。

我將籃子搬進屋裡，放下包包後，就在水槽邊沖洗番茄，然後站著大口咬下。緊繃的果皮迸裂，令人驚喜的甜美汁液在口中蔓延。我也直接啃起了胡蘿蔔來，感受那溫和樸素的甜味。兩種蔬果散發出濃郁的土壤芳香，我久違地感覺到自己正在品嘗鮮活的食物。毛豆的形狀飽滿，莢上覆蓋的細毛顯得特別可愛。它們都是母親精心培育的成果。

這樣生吃也不錯。

我驀然想起柴田那句話，「吃飯不需要懷著罪惡感，專心品嘗食物就好。」

是啊，帶著微笑享用就好。既然如此，那就帶著微笑享用吧。

我拿出手機按下通話鍵，電話那頭傳來了低沉不耐的聲音。等我解釋一番並詢問食譜時，那聲音為之一變，彷彿切換了人格般欣喜地娓娓道來。

我記下食譜，興沖沖地衝出才剛進入的大門。平常下班回家，多站一分鐘都嫌累，今天雖站了大半天，身體卻感覺異常輕快，就像還想再多做點什麼似的。

我驅車去了超市，用打工的錢買了食材，今晚打算自己煮。

取出久違的圍裙，顏色似乎比記憶中要再淡了些。我在腰間繫好帶子，輕輕撫平縐摺，理了理圍裙下襬。

按照電話中學到的做法，先將番茄以熱水汆燙後去皮，與在微波爐裡軟化的胡蘿蔔一同搗碎。

兩端已切除的毛豆正在鍋裡咕嚕咕嚕地燉煮。好久沒有聽到鍋子裡熱水沸騰的聲音了。

重新找回了撒小麥粉時的手感。

很久沒拿起鍋子和篩網了，但用起來依舊得心應手。究竟是這些工具記住了烹飪，還是我的雙手記住了？

我緩緩地將麵糊倒入煎鍋。是紅色的麵糊，因為我混入了胡蘿蔔和水果番茄。

鍋面傳來了熟悉的「滋滋」聲，沒錯，就是這個聲音。無論歲月流逝，火焰和食材演奏的音律如昔，彷彿早已等待我許久。

甜美而香噴噴的蒸氣瀰漫開來。

趁熱再混入搗碎的毛豆餡。

一小時後，終於大功告成。感覺好快樂、好充實啊。我重新找回了全心全意投入料理的感覺。我深深地沉浸其中。

「市川小姐，你還在忙嗎？不去吃午餐嗎？」

身後傳來愉快而清脆的聲音。一轉過身，三位女同事正拿著錢包慢慢走來。

瞥了一眼電腦屏幕上的時間，是十二點零二分。

「就快完成課長交代的工作了，忙完就去吃。」

三人一聽都發出乾澀的笑聲。

「全力以赴的樣子真帥氣！」

「工作狂。」

「請加油吧。」

她們還是老樣子。

算了，想笑就笑吧。誰教我既沒有男朋友、又老是在倉庫忙得汗流浹背，還穿運動鞋上班。在她們眼中，也許我真的很可笑。可是，她們哪裡知道，公司並不是我的一切。我已經找到了能讓我深深沉浸其中的事物，我也因此更有幹勁。我一點都不可笑。

想到這裡，我輕笑了幾聲。她們微微皺眉，露出無趣的表情便轉身離開。

「咦，這是什麼？」倉庫深處傳來小坂的聲音。

我停下腳步，看著空調旁的紙袋。

「哦，那是——」

正想解釋時，一陣清脆的高跟鞋聲響起，祐實前輩爽朗地走來，「市川、小坂，你們都辛苦啦。」

長年受海風吹拂和陽光照射下的長椅顯得黯淡不起眼，觸感卻乾燥光滑。我在長椅上坐下，將裝著銅鑼燒的紙袋摺好放在膝上。

柴田坐在我旁邊，大口吞下一個直徑約三公分的銅鑼燒，臉上露出滿意的神色。陽光照得他的睫毛閃閃發亮，我感覺旁邊就像坐著一隻心情愉悅的柴犬。看到他的表情，我知道這個銅鑼燒肯定很好吃。

我也做得到呢，讓人們因為我做的料理感到幸福。

「這是按照柴田分享的食譜做的。抱歉啊，那麼晚還打電話給你。」

「沒關係，想打就打。」

但要是談別的事，他說不定會立刻掛我電話。

其實開車來種差海岸之前，我已經先讓小坂和祐實前輩試吃過。

「這大小我能吃很多。毛豆餡好讚，粒粒分明。」

「看起來小小的像玩具一樣，卻藏著精緻用心的手藝。鬆軟的餅皮，加上清爽的香甜口感，一點也吃不膩。蔬菜的風味成了完美的點綴，風味反而變得更加深邃。紅色的餅皮配上綠色餡料，視覺效果也很棒。市川，你居然會做這麼美味的甜點。」

小坂將銅鑼燒一口塞進嘴裡。祐實前輩一邊仔細端詳著銅鑼燒、一邊大加讚賞。

「我是跟別人學的。好久沒自己動手做想吃的東西了，雖然小小的，但吃起來非常滿足。」

「這樣的感覺很珍貴啊。」

找出自己真正想吃的食物，並且不懷著愧疚感去吃，比我原先想像中還要來得滿足。

「雖然小小的，但還是銅鑼燒。」我看著前輩手中的銅鑼燒。不論尺寸大小，銅鑼燒就是銅鑼燒。

雖然類比銅鑼燒似乎不太恰當，但我深深意識到，不論食量大小，我就是我。我如此肯定著。

小坂突然開口說道：「這可以賣吔。市川小姐，你為什麼不乾脆在你去幫忙的那家飯糰店一起擺出來賣？」

「飯糰店？小坂，你是說你上次幫我買的飯糰？」祐實前輩一臉疑惑。

「對，那家餐車的老闆就是市川小姐的同學。怎麼說呢……他的眼神很嚴厲，卻顯得炯炯有神。從臉型、身材到整個人都給人相當俐落幹練的感覺。」

「小坂，應該也只有你會這麼正面評價他。那傢伙可是有著不吭聲就把小孩嚇哭的紀錄喔。」

「哦，果然很厲害。」

祐實前輩笑了。

我也咬了一口銅鑼燒。加熱後的番茄透出清香，胡蘿蔔的甜味也變得更為濃郁。正如柴田那天晚上所說的，烘烤麵團時蓋上鍋蓋可以維持溼潤彈性，將毛豆餡搗成保有顆粒的程度，口感會更有層次。

一直以來我都非常努力，反覆思考怎麼做才能讓自己多吃一點，可到頭來還是因為吃不下而一次又一次承受挫折。

然而換個角度想，要是真的吃不下，那就準備小分量的食物，問題不就迎刃而解了嗎？根本沒必要因此覺得自卑、或在別人面前變得畏首畏尾的。小學時坐在我旁邊的柴田教會了我這一點。

「市川，下次有空再來幫我吧。」

柴田說。

那一瞬間，我感覺自己躍躍欲試。但冷靜下來，我心想自己也算還了柴田的人情，似乎已經沒有理由再來打工。

「你希望我做什麼？」

「沒特別想法。但當然會付薪水。」

在黑尾鷗的鳴叫和潮浪聲中，我來回打量著行動餐車和柴田。那天觀察下來，來店的客流量起伏很大，餐車的收入並不穩定。

「比起薪水，我更想吃柴田的料理。」

柴田眨了眨眼。

「你說什麼？」

「以柴田的料理做為報酬，若答應了我就來幫你。」

如果他不接受這個條件，我也不會再過來了。我堅定地盯著柴田，讓他知道我不會讓步。他僵住的臉龐微微扭曲著。

我對他說：

「涉及金錢報酬就會形成主從關係。我可不想當你的員工。」

「還真敢說。」

「我可是想到什麼就會直說喔。」

「隨便你。」

我朝餐車瞥了一眼，海報和新菜單都上了一層塑封膜。

「哦，你都包上了膜保護啊。謝謝你。」

柴田露出了彷彿發現稀有生物的眼神。

「為什麼市川要說謝謝？」

「因為你很珍惜地使用它們啊。」

柴田不發一語，注視了我半晌。我略感不自在地挺直了背脊。感覺身體就要被那傢伙的眼神穿透了一樣。

「我還要感謝你一件事。多虧你讓我設計『&』的海報，後來我在公司的廣告提案頭一次被採納了。」

「什麼提案？」

「公司網站即將上架新的床墊商品，要求我們提出廣告方案。以往我的方案總是被批評退回。但這一次，我的方案被採納了。」

我拿出手機，在柴田面前展示網站商品。

我希望呈現出有品味的質感酒店氛圍，因此沒有使用會讓人聯想到夜晚的間接光源，而是讓床墊融入夕陽的棕褐色調，帶給空間幾分奢華又廣闊的視覺感受。

「**一天的尾聲，是精心為您準備的睡眠饗宴**。」

字體選擇明朝體，色調則結合酒紅和金色。

就像我希望更多人能夠嘗到柴田的飯糰，我也希望更多人能夠真正放鬆下來，享受安穩的睡眠，便順勢將腦海中舒適入睡的畫面融入了提案。

「你看，所以要謝謝你。」

柴田盯著手機說：「我又沒做什麼。」隨後他好像發現了什麼，目光轉向海的方向。

拿著蟲籠和捕蟲網的一對男孩，還有他們的父母，正手牽手朝餐車走來。

「哇，這裡也能做出好吃的飯嗎？」

「黃色的，好酷！」

原來黃色的餐車看起來很酷啊。

午休時間還沒結束，我趕緊起身上前招呼。

柴田也站了起來，戴好帽子和口罩，迅速跳上餐車。

我綻放出笑容，對那一家人說：

「歡迎光臨！」

第二章

銀杏飯糰

頭頂上，一群白天鵝成行地飛過，潔白無瑕的翅膀自在地展開，掠過無拘無束的湛藍天空。

約莫十一月中旬，八戶市就已晨昏見霜，完全步入秋季。街道兩旁的樹木似乎想盡可能留住太陽餘溫，將樹葉染成溫暖的金黃色。

將駕駛座的車窗開了一條細縫，秋風迅速鑽進車內，拂過脖頸。

現在是早上八點。

按照導航指引，沿著種差海岸往內陸行駛約十分鐘，就能在國道旁找到柴田和他奶奶的房子。附近的大學、加油站、便利超商、拉麵店和燒肉店之間間隔一定的距離，農田錯落其中，大多栽種蘿蔔和白菜。

今天，餐車的目的地是種差海岸南下約十公里的鄰鎮階上町，一棵被當地人稱作「銀杏木窪的大銀杏[8]」的銀杏樹下。我和柴田約好，先在他奶奶家集合。

既然柴田要我有空來幫忙，我就趁著休假來了。畢竟在行動餐車上工作相當有趣，不僅忙得很充實，還能享用美味的料理津貼。這也是我之所以興致勃勃來到這裡的原因。

和柴田描述的一樣，他奶奶家仍保有當年經營餐館時的風格。門前是一塊能停放四、五輛小貨車的停車場。出入口上方殘留舊招牌的痕跡。寬敞的推拉門、格子窗和大型空調室外機。一旁堆著空花盆，裡面塞得是噴壺、小鏟子和橡膠手套。

當年好像就叫做「柴田食堂」。

行動餐車停在正門前方，旁邊則停著一輛黑色小型車。

屋子的後半部是兩層樓，看起來應該是住家。

從前方的屋頂望過去，是一棵巨大的梅樹，後面似乎還有座菜園。

我按下門鈴，沒有回應。於是我朝屋內大喊，「您好——」

身後國道上卡車呼嘯而過，黑尾鷗和白天鵝的鳴叫聲在澄徹的天空中迴盪。

8 樹齡推估約一千年，為町內最古老的樹木，於二〇一八年被青森縣指定為天然紀念物。

屋內依然一片靜悄悄。
真奇怪，柴田和他奶奶應該都在啊。
我試著推動滑門，意外發現門沒有上鎖。
「您好啊——嘿咻！」
費了點力氣才推開門，赫然發現眼前就站著一位小個頭的老奶奶。
「哇！」
「哇！」
我們同時叫出聲來。我是受到驚嚇而尖叫，老奶奶則是要嚇唬人而大叫，因為接著她雙手在臉頰兩側猛地攤開。
當下我嚇得差點岔了氣，她卻仰著身子哈哈大笑，嘴巴張得老大，像是能一眼看進她的腹部，實在愈看愈像妖怪。實際上，真有一副牙齒朝我飛來，我一陣緊張，趕緊縮起身子，隨即見到一副假牙掉落在地板上。
老奶奶就站在我面前，還戴著假牙，那麼肯定是人類吧。

我從未與老年人共同生活，不清楚家中有個奶奶或爺爺是什麼感覺。不過，光就我腦海中的刻板印象，老年人通常比較溫和、安靜，有的則像電視新聞中那樣愜意地過著晚年生活。

聽說柴田的奶奶曾經經營食堂，平日會醃漬梅乾、整理家庭菜園。所以，我還以為今天會看見一位套著和服圍裙、梳白髮小髻、端坐在廊檐靜靜啜著熱茶的老太太。

然而現實只有一點符合我的想像，那就是「個頭小」。

眼前的老奶奶，上身穿著斑馬紋長毛衣，下身則是豹紋緊身褲，絲毫不見和服老太太的影子。除了將食草動物與肉食動物皮毛圖樣混搭的品味堪稱獨特，那頭燙著小捲的紫色短髮格外顯眼，這一形象讓我目不暇給，腦袋陷入混亂。

只見老人止住了笑聲，若無其事地撿起假牙，嘴上邊嘟囔著、邊擺動空著的左手連連做出下壓的手勢，應該是要我待在原地稍候片刻。

我應了一聲，看她拖著腳下的涼鞋走進屋內，踩著和個頭相符的輕盈步幅。

待她走後，我環顧四周。屋內還殘留著餐館的痕跡，水泥地上可見幾處汙漬，中央擺著一張四人桌，還有三張桌子靠在角落。窗邊擺放觀葉植物，較高的天花板附近懸掛著蒜和洋蔥。牆上仍張貼著短冊[9]菜單：飯糰一五〇圓，炒飯四五〇，中華拉麵五〇〇，定食六〇〇，豬肝炒韭菜定食六五〇。菜單下方就是出餐檯，旁邊還放了一部外殼發黃的大型收銀機、叼著鮭魚的熊擺飾和一隻招財貓。

穿過寬敞的甬道就是廚房，裡頭奶奶正面對著水槽，柴田也在走動忙碌著，空氣中飄來令人垂涎的香味與蒸騰的熱氣。

奶奶從櫃檯旁走出來，朝我露齒一笑。

「你是市川茉奈吧？」

我趕緊向她鞠躬。

「是的，初次見面。一直承蒙柴……拓海的照顧。」

奶奶也微微鞠躬。

「初次見面，謝謝你對我孫子的關照。我是柴田佐和，大家都叫我佐和奶奶。」

佐和奶奶抬起頭來，朝我燦爛一笑。我也忍不住微笑。

「聽說你特地來幫忙，真是謝謝你啊。」

接著她又轉身往廚房走，我趕緊跟上去。

進入廚房前，佐和奶奶換上了橡膠涼鞋，並在我腳邊擺了一雙。

「來，換上吧。」

「好的。」

我脫下鞋子、換上涼鞋。

廚房中央設有一座不鏽鋼大流理台，後面是洗手台和一個大型水槽。鍋子與湯勺都懸掛在半空，如鏡面般各自反射出廚房一景，精心打磨過的菜刀也整齊地

---

9 傳統日式食堂中以手寫呈現菜單的小長條紙，通常會懸掛或張貼在牆上顯眼的位置。

吸附在磁鐵上。還有商用電飯鍋和烤箱，高大的雙開門冰箱幾乎頂到了天花板。盛滿餐具的架子井然有序。廚房中閃著一片亮銀色。

柴田側身朝向門口，在流理台前方的爐台旁搖動著中式炒鍋。他手臂肌肉一隆起，鍋底的食材就會在空中畫出漂亮弧線。

「柴田，早安。」

「哦。」柴田沒有轉頭，簡單回應了一聲。

「喂，女朋友一大清早就來幫忙，要好好打個招呼吧。」

佐和奶奶拉高了音量，柴田手中的鍋子差點就掉到爐台上。他重重放下鍋子，快速轉身說道：

「才不是。」

「才不是。」

我和柴田異口同聲。佐和奶奶抬頭看了看爐台上的時鐘，噘著嘴說：「有什麼差別嗎？早上八點還是太早了。」

「不是啦。她是我同學。」

「什麼？聽不見啦！」

佐和奶奶揉了揉眼睛。我想，問題可能並不在她的眼睛上。

「我是說，她是！小學！同學！」

柴田彎下腰湊近佐和奶奶耳邊，盡可能從腹部吐出一字一句。

「到底說啥呢？我可一點也聽不懂。」

直到剛剛我們都以正常的音量交談，當時既然聽得懂，看樣子問題也不在耳朵上。

不過，佐和奶奶一派輕鬆地說出了「女朋友」這個詞，表示柴田以前的對象來過這裡。其實這也沒什麼好奇怪的，但不知怎地，我竟感到一陣鬱悶，廚房裡那一片亮銀色也變得黯淡。

柴田關上爐火，轉身面向我。

「早安。」

「咦？哦，早安。」

反應慢半拍。但還是遵照佐和奶奶的吩咐過來了。難道這傢伙一臉嚴肅只是天然呆嗎？

「需要我做什麼嗎？」

「什麼都不用做。」

柴田將鍋裡的乾燒蝦仁倒入耐熱容器，蝦的光澤晶瑩剔透，散發出濃郁的薑蒜香。我嚥著口水，暗暗希望今天的工作餐就是這道菜。

另一個爐台上在炸雞塊，後方爐子在燉煮羊栖菜。這時電飯鍋「滴滴」響了起來，感覺熱鬧又溫暖。這裡真是個好地方。

柴田放下煎鍋，走去查看電飯鍋。我決定再次提議，「讓我幫忙吧，需要我做什麼？」

「真的不需要，你在現場負責接待客人就好。」

「但現在廚房裡這麼多事要做，要我站著不動我做不到。」

「……那你把白飯盛到那個炊飯鍋裡吧。那是餐車上要用的。」

「遵命！」

我打開電飯鍋的蓋子，濃密的蒸氣撲面而來，下方翠綠色的豆子閃耀著光澤。

「好漂亮。是銀杏飯嗎？」

「沒錯。」

「看起來好好吃，充滿了季節感呢。肯定會大受歡迎。」

我一邊讚美、一邊將白飯盛進炊飯鍋裡。

佐和奶奶走到餐具櫃前，將一只大罈子裡的自製梅乾從容地裝進保鮮盒裡。梅子皺縮得恰到好處，筷子夾過的柔軟表面微微凹陷。

「茉奈，謝謝你設計的新菜單和海報，還幫忙招呼客人。這孩子就只知道專注在料理上，卻不懂怎麼做生意。」

佐和奶奶開朗地說著。柴田不知是沒聽到，還是習慣了，繼續埋首於爐台前。

「不僅車子換了明亮的顏色，也是靠茉奈才掛起了飯糰照裝飾餐車。」

佐和奶奶望著孫子忙碌的身影，悠然地瞇著眼，眼底淨是對孫子的疼愛。

「他說啊，多虧茉奈幫了大忙。」

「真的嗎，柴……拓海這麼說嗎？」

我忍不住向前傾身。這時，背後傳來「砰」的一聲，柴田將中式炒鍋重重放在爐台上。回頭一看，他背對我，將拌好醬汁的炸雞塊盛到容器中，那背影顯得格外緊繃。

「他好像這麼說過，也好像沒這麼說過。」

佐和奶奶如吟詩般的語調又重複了一遍。她一邊輕輕搖晃著神似紫色高麗菜和大佛般的腦袋、一邊為裝滿梅子的保鮮盒蓋上蓋子。

「前陣子，拓海帶回來的金團[10]點心，聽說是茉奈做的？銀杏拌南瓜餡的口味真不錯。」

到了這個季節，成熟的銀杏會開始落果。戴上橡膠手套去除果肉，取出銀杏後洗淨並晾乾，然後放入保鮮袋微波加熱，剝殼後即可食用。這一整套流程中，最大的挑戰是氣味[11]。只要能克服這一點，就可充分享受美味。

南瓜是母親在家裡的菜園栽種的，由休假的弟弟開車一起送到我住的公寓。雖然母親有駕照，但偶爾讓弟弟載似乎更開心。母親和弟弟會待在我狹小的公寓裡喝茶，聊著鄰居家生了孫子、父親親手做的鳥食台一天就掉下來等日常瑣事。弟弟就低著頭玩手機。

「只是自己在家隨手做的，真是難為情，但聽您這麼說我很開心，謝謝您。」

當我知道柴田有個奶奶，而且這位老奶奶還開過食堂，我就覺得一定要讓她

10「金團」是一種將番薯蒸熟後過篩網壓成泥狀，裹在糖煮過的栗子或豆類外的甜點。

11 掉落在地上的銀杏果一旦被踩或被車子壓過，就會產生一股刺鼻的惡臭，這是因為外皮含有多種揮發性物質，也是銀杏為了防止果實不被猴子等動物食用的自我保護機制。

嘗嘗我的手藝。我想知道她會如何評價我的點心。

「拓海沒有跟您提過這件事嗎？」

「沒有。」

「真是的，我明明跟他說過。」

我瞪著柴田的背影。柴田似乎察覺到什麼，伸展著脖子轉了一圈，然後聳聳肩，端起裝有銀杏飯的大電飯鍋走出廚房。

「甜南瓜配上銀杏的香氣與微苦的風味，整體來說很不錯。你用的是黃蔗糖[12]？」

「是的，您居然嘗出來了。」我雀躍地聳起了肩膀，上身略微前傾。

「嗯，風味更有層次了。南瓜還能幫助消化，讓肌膚變得更光滑。銀杏對滋養身體、止咳化痰也有很好的效果。你做的金團是從年輕人到老人都可以吃的點心啊。連那孩子也大力誇獎。」

「柴……拓海也覺得不錯嗎？」

「我想他心裡是這樣覺得。」

「很高興您喜歡吃我做的點心。其實做點心很有趣，而我要謝謝拓海讓我意識到這一點，也因此對未來更充滿期待。」

「是嗎，太好了。我會轉告那孩子『茉奈因為你想起了快樂的事』，還有『希望也能做給你吃，未來請多指教』。」

「呃，這些話就不勞煩您傳達了……之後佐和女士如果還有需要我幫忙的地方，請隨時告訴我。」

「叫我『佐和奶奶』吧。如果你想在餐車上賣點心，就來這廚房做吧。這裡已經獲得衛生部門的許可。」

「咦，在這裡做點心？我做的點心放在餐車上賣嗎？我從來沒想過這種事。」

12 原文中「きび砂糖」是一種台灣較少見的日本糖，帶有獨特的黑糖碳香和蔗香，並且富含礦物質。

「拓海做飯糰，茉奈做點心。你看，很多夫妻不都是這樣嗎？丈夫沖咖啡，妻子做麵包，或是丈夫負責燒烤、妻子提供酒精飲料。」

在行動餐車上販售我親手做的點心，這個提議實在太吸引人了。我彷彿已經看見客人品嘗點心後的反應。一股壓抑不了的心情，我好想試試看。

「茉奈、茉奈！」從意識的邊緣傳來呼喚，我回過神來，才發現佐和奶奶正盯著我瞧。

「哎呀，怎麼了？在發呆啊，你沒事吧？」

「我想做點心！拜託您了！」

我將飯糰的包裝盒、筷子、紙袋統統放在車頂的架子上，同時繫好避免行駛中掉落的橡膠帶。分量較重的調味料就放在底部的層架，發電機等器材則固定好以防移動。一切就緒後，我們隨即出發。

我坐在副駕駛座上，眼前一片開闊。

天空湛藍而遼闊，我的心情也隨之振奮起來。

離開「柴田食堂」後，我們沿著單線道的國道朝久慈方向行駛。我對這一帶並不熟悉，一路上可見到汽車經銷商、太陽能面板、松樹林、醫院、農田和住宅。

這時，後方傳來一陣轟鳴聲，一輛轎車迅速追上我們，緊靠著餐車一側並排行駛。車上坐著四名年輕人。我以為柴田會發火，但他只是打了個哈欠，眼神繼續平視前方，車速保持不變。我往外瞥了一眼，那些年輕人降下車窗，似乎在用粗俗的話語嘲笑什麼，隨著車子再次發出轟鳴聲，他們很快便從我們的視野中消失了。

「柴田，你居然沒有生氣。」

我佩服地說道。

「無所謂。」

他淡淡地回應。

「這種事常發生嗎？」

「唔，偶爾吧。」

右轉後，路面變得愈發狹窄。兩側的護欄外，枯萎的芒草和乾燥的竹子像是伸長了手臂般侵入道路。冷不防，一隻鳥從林中飛竄而出，橫過我們面前。不知何時道路中央線已經消失。

沿途依然可見零星的人家，這讓我稍稍感到安心，但或許這一帶還棲息著其他生物。

遠遠就能看見銀杏木窪的大銀杏，那裡彷彿積聚著光芒，顯得格外耀眼明亮。靠近後，我看到一輛中型巴士。擋風玻璃上懸掛著一面寫著「巨木愛好者協會」的標示。一群巨木愛好者正拿著手機或相機朝銀杏樹拍照，宏偉的銀杏樹矗立在朱紅色鳥居和小神社後方。

我從車窗看出去也不住感慨，「第一次看到這麼巨大的樹啊！雖然看起來像是好幾棵湊在一起，但這的的確確是一整棵樹吧。」

柴田沒有理會我的感動，而是專心地將餐車停放在窄路旁鋪滿碎石的空地上，那裡有座臨時搭建的小屋。

我們下車。這時從銀杏樹那頭傳來導遊的講解，「這棵銀杏樹是雄株，因此只開花不結果，樹齡約一千年、高約三十公尺、樹圍約十三米……」

原來如此，確實沒有聞到銀杏果的特殊氣味。

一般來說，巨樹往往會散發出一股威懾感，令人感到敬畏；但這棵銀杏樹不同，它雖然也拔地而起，卻流露出質樸深沉的穩重感和靜謐淡雅之美。

鳥兒在高高的樹梢上鳴叫。抬頭一看，遍目所及的金黃色幾乎遮蔽了天空，地面則為金黃的心形葉覆蓋，燦爛得讓人眩目。

周圍的空氣彷彿也染成了金黃色。仔細一瞧，樹幹似乎裂開了，地上橫臥著一段粗壯的樹幹，看起來就像一條龍。

「屬於自己的一部分卻面臨斷裂失落，想必受到不小的衝擊吧。」

我喃喃自語著。

柴田瞥了橫倒在地的樹幹一眼，但沒說什麼，繼續準備開店。

他啟動發電機，然後迅速搬到餐車外，一一開啟開關，再拉動繩子讓它運轉，發出相當大的聲響。

我套上米白色圍裙，打開車身一側的出餐檯，將印有「手工現做的熱騰騰飯糰」、「精心烹製」等字樣的橫幅海報，掛在副駕駛座的車門。海報在風中反覆鼓起，就像剛捏製的熱騰騰飯糰般鬆軟飽滿。我以酒精清潔櫃檯後，擺上菜單，架起了兩張摺疊木製圓桌和椅子。

不知從哪裡湧來了人潮，客人紛紛朝餐車聚集過來。

老年人、戴著黃色安全帽的男人，還有載滿蘋果箱的小貨車、剛從田地回來的人。

我聽到一個老人說：「煮好白飯後，還要捏成飯糰，對我這個歲數的人來說實在太吃力了。」

過去，我總以為老年人習慣自己捏飯糰，不會特地去外面買別人做的飯糰。

現在想起來，其實自己就和那些嫌棄小鳥胃的人一樣，自以為是地解讀別人的飲食習慣，成了擺脫不了的刻板印象。

「看起來真可口。」

「真的，別人捏的飯糰就是好吃。」

不少客人買了晚餐的分量。

但也有些路人看了菜單一眼後轉身就走。這時我會叫住他們，詢問是否有其他需求。他們卻只不耐煩地揮揮手，皺著眉頭抱怨道：「才加一點點料就賣到一百八十圓，也太貴了吧。」

柴田似乎聽見了我們的談話，立刻從出餐檯探出身子，語帶怒氣地說：「你說什麼？」明明在駕車時對那群年輕人的挑釁舉動毫不在意，但當事情攸關飯糰，態度則一百八十度大轉變。

我急忙上前解釋，價格也包含了精心準備的食材和燃料成本，但話還沒說完，那群人就走了。所幸一旁穿長靴的大叔不住點頭，同意我的說法，並補充道：「可得花不少時間和精力呢。飯糰是這樣，下田也是這樣，要是他們知道種出好米有多難，就不會那麼說了。」大叔一番話讓我稍感安慰。

來到下午一點，我們乘著客人較少，吃起了午餐。

柴田做了乾燒蝦仁飯糰和烤銀杏飯糰。我並沒有特別要求大小，但柴田主動將兩顆飯糰捏成相當於一顆半的大小。

我坐在椅子上，一邊嚼著乾燒蝦仁飯糰，一邊遠眺被染成一片金黃的銀杏樹。蝦肉鮮嫩彈牙，醬汁中散發的生薑與蒜香在鼻間縈繞。烤銀杏飯糰散發出淡淡鹽香，銀杏的微苦與白飯的甘甜相得益彰，滑潤且略帶黏稠的口感令人愉悅。

柴田倚靠在烹調空間的流理台前，大口咬下一顆大飯糰。今天準備的白飯分量充足，我也毫無顧慮地享用飯糰。

「柴田，你是什麼時候學會下廚的？」

「……應該是小學五年級。」

「五年級才開始上家政課吔，那時候你就會煮飯了喔？」

「嗯，差不多。」

我又咬了一口飯糰。

「真好吃啊。雖然師傅本身怪怪的，但飯糰很完美。」

「你說什麼？」

「沒什麼。畢竟你原本就喜歡吃東西吧。你也會做飯給家人吃嗎？」

「會吧。」

「他們一定很開心。」

「或許吧。」

「至少佐和奶奶肯定很高興。畢竟她當年可是經營一家食堂呢。」

「的確，不論我做什麼菜，奶奶一律都說好。有次我不小心把蛋殼掉進菜裡，她說『這樣可以補鈣』；又有一次忘記放醬油，她說『低鹽才健康啊』；燉菜裡蘿蔔太硬，她說『偶爾也要鍛鍊牙齒和下巴嘛』。聽到這些感想，我當下還沾沾自喜，以為奶奶真的很開心，就這樣在她不斷的鼓勵下，成了一名廚師。」

「我想她是真的很開心。」

柴田微微一笑。那隻心情愉悅的柴犬又出現了。

午休結束不久，一對老夫妻緩緩走近餐車。老先生牽著一隻柴犬，老太太拄著龜甲紋的枴杖。走在前面的柴犬偶爾會回頭看老夫妻，似乎在掌握行走的速度，避免牽繩被拉得太緊。

老夫妻愈走愈近，老先生的目光落在我身上，輕輕咳了一聲。我忍不住張大嘴驚呼道：

「松井先生！」

站在面前的老先生，就是夏天一同在倉庫工作的松井雄二先生。他今天穿著卡其色的刷毛衫，下身是修整過褲腳的米白燈芯絨長褲，戴著一頂針織帽。

「好久不見，市川小姐。最近都好嗎？」

「好久不見。托您的福，一切都好。很高興看到您氣色這麼好。」

松井先生介紹站在身邊的妻子，「這是內人千代。」千代女士戴著一頂看起來很溫暖的羊氈帽，披著紫色長版針織衫。她禮貌地微笑頷首，「承蒙您照顧我先生。」

松井先生也將我介紹給千代女士。

「市川小姐會在休假時來餐車幫忙。」

「哎呀，那一定很有趣吧。」千代女士笑道。

「她是那種老是在吃東西的孩子，但就算工作得忙到午休時間，她也能堅持完成。很有毅力喔。」

對於這番褒貶不明的話，我實在分不出究竟是讚美還是取笑。不過，我依舊很感激松井先生一直在關注我的工作表現。

「連午休時間也要工作嗎？」柴田微微挑眉。

他正在為眼前輕型卡車裡的一位老奶奶做飯糰。

「沒辦法，工作做不完嘛。」

我不禁暗忖，這樣說會不會又被指責太容易妥協了。

「吃飯比工作重要。」柴田斬釘截鐵地說。

我忍不住笑了出來。

這位飯糰店老闆一臉茫然，不明白有什麼好笑的。

「不吃飯可沒力氣工作呢。」

千代點點頭贊同，她那圓潤的嗓音在嘴邊回響。

「有責任感是好事，但老是錯過與部門同事共進午餐的機會，一個人躲在倉庫裡吃飯，也太可憐了吧。」

松井先生一副像是什麼都知道似的。我並不希望柴田聽到這些話。

千代露出同情的表情。

我並不覺得一個人吃飯很可憐，但這時好像得擺出可憐的姿態才行。

「嗯，一個人吃飯很好啊，既能按自己的節奏吃，還能思考事情，我覺得也不錯。」柴田一邊捏飯糰一邊說。我驀然感到一陣解脫，彷彿某部分的自己被接納了。

「兩位在散步嗎？」

「對啊，我們家就在附近。這裡很適合帶大五郎來散步，我也可以順便來做復健。」千代女士露出開朗的笑容。

這時，她腳邊的大五郎抬頭看著千代女士，尾巴快速擺動，嘴角上揚，眼睛閃閃發光。這張臉好像在哪裡見過。我不自覺看了柴田一眼。

大五郎轉頭看向陌生的我，然後乖乖坐在地上。我對牠露出微笑，牠又搖起了尾巴。

「好像第一次在這裡見到餐車。」千代小姐好奇地打量著餐車。

「偶爾會過來。」柴田平靜地糾正道。

「看來是時間沒碰上。你們做的很好吃喔。」

「您吃過嗎？」我問道。

「夏天的時候，我先生常會趁午休買來給我吃。」

千代女士的聲音充滿活力。松井先生低頭看著大五郎。

「夫妻能一起吃飯真好。」

「年紀大了啊，不曉得還能再一起吃多久的飯。」

松井先生微微皺眉，輕撫著額頭。

「噗哧，說什麼話呢。放心，還能吃很久啦。」千代女士笑著回應丈夫。

我不禁想像著松井夫婦在桌前愉快用餐的景象。

我將菜單遞給千代女士。

「該點什麼好呢？最近常覺得很疲倦，連要走過來都花了點時間。要是有能提神的食材就好了。」

「銀杏飯糰很適合。有滋補強身的效果。」柴田建議。我將裝著飯糰的紙袋遞給輕型卡車上的老奶奶，收下錢後，向她鞠躬道別。

「有銀杏飯糰嗎？哎呀，真的，菜單上也有。真幸運。現在因為風濕都做不了飯糰了。」

千代小姐聳聳肩，輕輕抬起戴著針織手套的手中握著的枴杖。「以前也常常剝銀杏殼做銀杏飯呢。」

她毫不猶豫地點了銀杏飯糰，並要求做小一點。

「他有時也會做給我吃，但都做得太大了，老是吃不完。」她以另一手指了指丈夫，呵呵微笑著晃動肩膀。松井先生輕咳一聲，說道：

「我喜歡鹽飯糰啊。我喜歡米飯。」

「哎呀，就一起點銀杏吧。你也很久沒吃了吧？」

松井先生陷入沉默。

「那就兩個銀杏飯糰，可以嗎？」柴田確認道。

松井先生抿著嘴，又咳了一聲，勉強點了點頭。我忍不住笑了出來。

千代小姐將菜單遞還給我。

「飯糰很棒呢。就算手沒力端不動飯碗了，還能單手拿著吃。」

「端不動碗嗎？」

「是啊。像我有時就覺得端著碗很費力，加上白飯就更重了。連筷子也拿不好。我現在吃日式料理還得改拿叉子或湯匙呢。」她苦笑著說。

「聽說銀杏葉煎水飲用，能緩解關節炎。」柴田一邊將海苔包覆在飯糰上、一邊補充道。

「哎呀，我倒是第一次聽到。」

我脫下塑膠手套，準備去收集銀杏葉。

正想伸長手去拿出餐檯內的紙袋時，柴田已經體貼地遞了過來。接過紙袋，我開始撿拾那些黃色的心形葉子。蹲下身，葉子近在眼前，金黃的光芒更加耀眼。我感覺彷彿連自己都要被這片金色淹沒了。

「哎呀、哎呀，這太麻煩你了。」千代女士趕忙說道。

「才不會，我很樂意。您別在意。」

銀杏葉光滑瀅潤、觸感宜人。我正小心挑選著漂亮的葉子，這時大五郎將牽繩拉到極限，努力湊了過來。牠好奇地嗅聞著，溫熱的鼻息輕拂我的手背。

突然間，大五郎像是領悟了什麼似的，猛地將那小屁股撅得高高的，後腿開始奮力地踢蹬地面。霎時，金黃色的心形葉紛紛揚起，在空中旋轉飛舞。在秋日午後的陽光下，葉面反射出奪目的光芒，美得令人屏息。

「喂，大五郎，不可以！」

一旁傳來了松井先生帶著濃重痰音的斥責聲。大五郎望著主人，露出困惑表情。

「沒事、沒事，大五郎是在幫我收集葉子呢，對吧？」

我轉頭向大五郎說話。牠一聽又猛烈地蹬著地面，眼看飛揚而起的銀杏葉要落在我身上，我趕緊閃避。可不能全身沾滿了葉子和塵土將飯糰遞給客人啊。

千代女士一臉歉疚地說著「真是對不起」，上前站在我和大五郎之間，眼角泛起了溫柔的皺紋。仰望著那張慈祥的臉龐，我幾乎要衝口而出，「才不會呢，都落在我身上也無妨。」

就這樣，在大五郎的「幫助」下，紙袋裡裝了滿滿的銀杏葉，我將紙袋遞給松井先生。松井先生清了清嗓子。千代女士瞇著眼對我說「謝謝你啊」。大五郎則是立刻將鼻子湊向紙袋。牠的表情就像在自豪地說「我也有幫忙收集喔」。

秋日和煦的陽光從葉隙間灑落，老夫婦和狗依偎著沐浴在斑駁的光影下，顯得神聖而莊嚴。

松井夫婦找了張長椅坐下，享用起手作飯糰。大五郎則在一旁大嚼白飯。

「真好吃啊。能再次嘗到真是太棒了。」

千代女士笑著向我們展示手中的飯糰。她脫下手套後的那雙手相當纖細，瘦長的指節彎曲變形，猶如銀杏樹的樹根般粗糙堅硬。

然後她放下飯糰，將手放在膝上輕輕摩挲，肩膀頹然垂落。

「這雙手真醜，給人看到真丟臉。」

她低聲說著，臉上泛起一絲悲傷的笑容。

正大快朵頤的大五郎，此時抬頭看向千代女士。松井先生仍專注地盯著桌面，一口接一口吃著銀杏飯糰。

「才不會呢。」我說。

「我很喜歡這雙手。」一直保持沉默的柴田緩緩開口。

千代女士不禁睜大眼睛，驚訝地盯著柴田。

「哎，是這樣嗎……為什麼呢？」

「因為這雙手承載著支持自己及周遭所有人的重任。」

千代女士凝視著柴田，彷彿在咀嚼這番話，目光中透著幾分壓迫感。但柴田顯得平靜自若。

千代女士挺直了佝僂的肩膀，緩緩深呼吸。她又一次凝視著自己的雙手，然後戴上針織手套。她仰起頭瞇起眼望著高大的銀杏樹。

早已吃完飯糰的松井先生，目光一直盯著千代女士。

「喂，該走了。」

「再休息一下也沒關係吧。」

「在家裡休息就行了。」

「唉，你老是這麼急躁。」

千代女士扶著手杖起身，松井先生的眼神沒有離開過她。大五郎率先邁步，松井先生快步跟上，手中緊握著牽繩。千代女士朝我們走來，我見狀也迎上前。

千代女士伸手掩住嘴，輕聲說：「他啊，其實是擔心我出門太久會受寒。」她眉眼間露出一絲笑意。

我就像是惡作劇的同伴一樣，低下頭忍住笑意。

「喂，該走啦。」

松井先生轉頭呼喚。

「好、好……那麼，再見了。」

千代女士緩緩抬起手，在胸前揮了揮。

「再見，期待再次見到您。」

松井夫婦外帶了三顆做為晚餐的飯糰，牽著大五郎離去。我目送著他們的身影消失在遠方。

松井先生並沒有牽著千代女士的手，但仍保持足以立刻上前攙扶妻子的距離。這微妙的距離感，想必是夫婦多年相處下累積的默契。

「柴田，你居然連樹葉的功效都知道。」

「那是奶奶的智慧。」

等客人逐漸散去，從烹飪中解脫的柴田，又恢復了那副渾身是刺的不悅神情。如同在水中才能活下去的鮪魚，或是得靠張嘴才能存活的諧星，柴田彷彿身邊少了食物，就無法保持愉快的心情。

「不愧是佐和奶奶。」我雙手合十，發出由衷的讚嘆。

「拜什麼啦，奶奶還活著吔。」

我保持雙手合十，轉向柴田。

「別拜我！」

過了三點，我們便收拾打烊。剛到家，柴田就開始清理卡車、拖地板、排掉水槽下桶裡的水，然後將剩下的食材和烹飪器具搬回店舖裡的廚房。

我將用過的器具聚集起來，準備清洗消毒。柴田察覺後，立刻上前說我不用做這些，但我想堅持到最後。

正專注清洗著，佐和婆婆開口說道：

「茉奈，晚上留下來吃飯吧。」

大家一起吃飯。我一下子緊張起來。

「啊，好、好的，謝謝您招待。」

腦海中驀然湧上苦澀的回憶：感受著肚子的空虛，一邊估算大家的用餐速度，然後小心翼翼地啜著眼前的飯，擔心吃太慢而掃了大家的興致。

但我無法拒絕這份好意。

「怎麼辦呢……」

這時我腦海中靈光一現，對了，柴田不是已經告訴過我了嗎。

「其實我……」

我鼓起勇氣向佐和奶奶坦承，我的食量遠比常人來得小。但佐和奶奶只簡單說了「哦」，就不再回應。一時間我略感困惑，她剛剛真的聽懂了我的話嗎？

常說秋日的黃昏轉瞬即逝，天色已染上夜的靜謐。

佐和奶奶迅速備妥晚餐。

我們三人圍坐在食堂當年的老餐桌旁。

坐下來後，視線變低了，眼前的景色隨之一變。乳製品工廠的玻璃冰箱、大號金色水壺、寫著乾貨店名的細長鏡子，這場景就是所謂的昭和復古嗎？內心漸漸平靜下來。

桌上擺滿了大盤的佳餚：辣醬炒蝦仁、羊栖菜煮、薑燒豬肉、鹽烤鮭魚、香菇佃煮，還有梅乾。所有料理都沒有分成小份。

「白飯在那裡，想吃多少就盛多少。」

餐車上的電鍋冒著蒸氣，穩踞在流理台上。

聽到佐和奶奶那句話，原本緊繃的情緒立時放鬆下來。過去從別人手中接過盛滿的飯碗時，往往感覺自己像是被強加了某種「任務」一樣。

「謝謝您，承蒙款待。」

這句謝謝，我真想再說十遍。

我起身走去盛飯，也為佐和奶奶和柴田各盛了一碗。在這種情況下，要是主動幫別人盛飯，就不會感到壓力。

只見佐和奶奶夾起薄而大片的薑燒豬肉，覆在白飯上捲起來，然後送入口中。我雖然想模仿，又忍住了。因為以肉片裹飯吃，肚子很快就飽了。在別人家吃飯也得很小心啊。我咬了一口浸滿醬汁的豬肉。

「真好吃！醬汁和油脂的甜味很搭，味道也很濃郁。」

「那就好，好吃才是最重要的。」

佐和奶奶緩緩點頭。

我一口接一口細細咀嚼，享受每一口的滋味。

「茉奈是一個人住嗎？」
「是的。」
「那麼，平常也是自己煮吧？」
「嗯……啊，是的。」
最近的確偶爾會下廚。
「茉奈的父母都好嗎？」
「他們住在市區，身體都不錯。我媽還喜歡在田裡種點東西。」
「自己種菜好啊，心情也會變得更平靜。我也很喜歡。看來我和茉奈的媽媽應該很合得來喔。你有幾個兄弟姊妹呢？」
「還有個弟弟，小我一歲。」
「差不多二十五歲了啊。在上班嗎？結婚了嗎？」
「目前還沒有。」
她說不出口弟弟其實才剛和女朋友分手，前段時間回老家後一直在打工。

「柴……拓海有兄弟姊妹嗎？」

一旁的柴田正愉快地大口吃飯。雖說吃飯能讓人身心放鬆，但恐怕沒有比柴田更顯而易見的例子了。只見他輕鬆地夾起滑溜溜的乾燒蝦，那正確的拿筷姿勢讓人不想移開視線。

「拓海有個大他三歲的哥哥，還有個小五歲的妹妹。哥哥已經成家了，在市內一家經銷商上班。妹妹在岩手念大學，也是一個人住。」

「經銷商……難道餐車就是在那裡買的？」我忍不住問柴田。

「嗯，我從大哥的店裡買的，價格相當優惠。」柴田邊嚼著飯邊回答。

「一部餐車需要多少錢？」

「包括設備、發電機和一些雜項開支，大約五百萬吧。」

「五、五百萬……是貸款嗎？」

「一部分靠補助和自己的存款。剛好我的開店計畫符合補助資格，再加上之前餐廳的薪水還不錯，攢了些存款。也多虧有這間食堂落腳，少了額外的租金開銷。」

柴田向佐和奶奶雙手合十。佐和奶奶開玩笑地喝斥，「我還沒死呢！」

「柴田的父母還好嗎？」

「他們都好，還在上班呢。」

「家裡的第二個小孩跑去創業經營行動餐車，家人沒有反對嗎？」

「奶奶和妹妹很支持我，但我爸媽和大哥反對。畢竟他們一直是公司員工，不了解什麼是獨立創業。最後他們拿我沒辦法，丟下一句話『只要你能承擔起一切責任，就放手去做吧』。」

「你居然能說服他們。」

「其實，當時我並不打算說服他們。」

「什麼？」

「我先去大哥的店裡買車，他顯得很驚訝，但也因此理解了我的決心。交車後，我爸媽也不再反對了。」

「原來是這樣……」

即便一開始並非所有人都支持的事，還是可以……

「我覺得經營飯糰餐車是很棒的工作。當時做了這個決定，真是太好了。」

柴田轉向我說。

「這份工作可以讓人們變得快樂。就像今天遇到松井先生，千代女士也很愉快地吃著飯糰。」

我點點頭表示贊同。

「松井先生是誰？」

佐和奶奶疑惑地問。我便告訴她松井夫婦來買飯糰的經過。

「很棒的夫妻啊。真是的，忍不住想起了我家那口子呢。」

佐和奶奶環顧店內，懷念地瞇起了眼。

「當年，我和老頭子一起經營食堂，店內總是很熱絡，是個充滿人情溫暖的地方。所以剛看著你們在廚房忙碌，我感覺這家店彷彿又重新活了過來，心底很歡喜呢。」

佐和奶奶深深地瞅著我和柴田，眼神閃閃發亮。

「我希望你們也能成為這樣的夫妻。」

見到她毫不掩飾地說出內心的期待，我忍不住笑出來，柴田也大力嗆咳了幾聲，幾乎將嘴裡的飯菜都噴了出來，桌上頓時一片狼籍。

吃完晚餐，在佐和奶奶的目送下，我踏上了歸途——當然，我本來就不指望柴田會送到門口。

回家的路上，我驀然察覺自己臉上仍掛著微笑。一個人吃飯的確更輕鬆也更隨心所欲。可是，當我與佐和奶奶及柴田三人一起用餐時，卻也覺得自在又愉快，而且是發自內心地感到喜悅。

我在紅燈前踩下煞車，接著從副駕駛座拿起紙袋放在膝上。紙袋裡是佐和奶奶以保鮮盒裝好的菜餚，膝頭變得暖洋洋的。

明天，我要煮一鍋超級美味的飯，來搭配這些家常菜。

倉庫裡有點冷，我調高了煤油暖爐的火力。

接著，轉身走向放置訂購商品的貨架，架子的橫板上以透明膠帶貼著松井先生標注的商品名稱。

我伸手撕下已泛黃且快剝落的膠帶，重新貼上新的膠帶固定。搜尋貨架上的商品位置時，一般來說會參考漆在梁柱上的數字，但部分商品還是得花不少時間尋找。但是多虧了松井先生的巧思，才能大幅縮短搜尋時間。過去，松井先生還會在商品下方貼上自己寫的有效日期標示，現在我也依樣畫葫蘆，先貼上一層膠帶覆蓋先前的標示，再寫上新的效期。

我延續松井先生的做法，每次進貨時就貼上品項名和效期，同樣的商品補貨時就更新效期。松井先生的小技巧不只如此，他還會按批次，將架上最前方到最裡層的商品稍微錯開，讓效期能一目瞭然。雖然只是查核上的小細節，但正是這些不起眼的小技巧，大大提高了工作效率。

正午的鐘聲響徹整間倉庫。

員工陸續走出公司大樓。

我結束手邊的工作，將一只小帆布包放在鋼製的辦公桌上。

推著空推車回來的小坂瞪大了眼睛。

「真稀奇，市川午休時居然沒在工作。」

「吃飯比工作重要啊。」

小坂只是挑了挑眉，隨即注意到帆布包。

「那裡面該不會是便當吧？」

「就是。」

我從帆布包裡拿出便當盒。這是我久違地購入的新便當盒。沒想到現在便當盒在大小、功能性和材質上琳瑯滿目，挑選起來相當有趣。我也很驚訝自己逛得這麼開心。

從公司大樓走出的男同事遠遠看見我手裡的便當，紛紛露出驚訝的神情。我不禁暗忖，大家可能也沒想過我會做甜點吧。

「難得自己帶便當，市川最近發生了什麼好事嗎？」

「偶爾也想自己煮啊。」

「咦？這個便當好小。」

「沒關係啦，反正我還有零食。」

我打開便當盒，今天的菜色是玉子燒、花椰菜沙拉和飯糰。

「真簡單呢。」

「一開始做簡單一點，比較不容易對做便當感到厭煩。」

「是嗎，那我去買午餐了。」

「路上小心。」

十二月快到了。

天氣晴朗，口中呼出了輕盈的白煙。空氣轉為清冷乾爽，陽光也變得柔和。據說青森縣八甲田的酸湯溫泉已經積了三十公分的雪，但太平洋一側的八戶市還不見降雪的跡象。

今天早上，我在食堂的大廚房裡做甜點。我用前幾天家裡送過來的南瓜，以及佐和奶奶保存的銀杏做成金團[13]，差不多二十分鐘就完成。

柴田幫我將南瓜剖開，然後進微波爐加熱到變軟。接著把銀杏放入信封袋微波幾十秒，外殼裂開後就很容易剝除。這時銀杏會呈現淡淡的黃棕色。

我將南瓜壓成泥狀，加進黃砂糖後混入銀杏，再以茶巾扭緊成形。豔黃色的南瓜中點綴著黃棕色的銀杏，呈現出樸實的大地氣息。

柴田此時捧著做好的料理，來回穿梭於大廚房和餐車之間。經過我旁邊時，他冷不防拿起了一顆金團丟進口中，臉上頓時綻放出幸福的笑容。我也忍不住微

13 傳統日式點心。將食材煮成蓉狀後，做為外皮包裹內餡或直接捏成團。

笑。

我在小玻璃點心袋上貼上LOGO貼紙，然後將南瓜銀杏金團一一分裝，並以金色蕾絲絲帶繫住袋口。貼紙上印著一個棕色的「&」，袋子背面則貼上了標明加工地址和製造日期的標籤。

這些都是佐和奶奶用電腦幫忙製作的。她在市民活動中心的電腦課上，向講師提出將學員希望學習的項目納入課程內容的要求。原本課程只是賀年卡和銀髮族社團文宣的製作教學，卻轉變成佐和奶奶需要的商品標示、宣傳單、小型看板設計教學。然而在講師的指導下，爺爺奶奶學習得相當順利，慢慢熟悉了製作精美商品標示和宣傳單等技術。

行動餐車「&」沿著國道四十五號線向南駛去。

「今天也要去大銀杏那裡吧？」

後來我們又去了好幾次。

「嗯。」
「前幾次都沒看到松井先生和千代女士，不曉得今天會不會過來？」
「最近都沒見到呢。」
「是啊……」
大銀杏樹幾乎落光了葉子。
覆蓋在地面的銀杏葉在日復一日的霜凍下轉成暗黃色。樹幹依舊粗大，露出的枝條卻顯得纖細。寒風從細長的枝條間呼呼穿過。
開店準備得差不多了，幾位常客朝餐車走來。
「這些金團也有賣嗎？」
一位客人注意到藤編籃裡的點心。
「有的。可以試吃喔，您想試試嗎？」
我略微忐忑地將切成小塊的金團插上牙籤，遞給面前的客人。
有的客人嘗了之後就欣然加購；有人覺得好吃，也有人覺得不合口味；有人喜歡甜一點，也有人偏好清淡；有些男客人希望金團能做得大一點，一些女孩則驚呼「小小的好可愛」。

親手做甜點販售，然後直接從顧客口中獲得評價，是非常難得的體驗。當場傾聽客人的回饋很有趣，雖然少不了批評，而且剛聽到時不免有點難過，但我想這是必經的過程，便不再那麼糾結了。況且，這些評語都會成為下次製作的參考。我暗暗下定決心，一定要做出更好吃的甜點才行。

這時，一名曾抱怨價格太貴的男人，略顯尷尬地朝餐車走來。

「前幾天，我在鄰居家吃到了你們家的飯糰，很好吃。」

「這樣嗎，能合您口味真是太好了。」

我微笑著回應。

男人朝我伸出兩根手指。

「給我兩個鱈魚飯糰。」

「謝謝捧場。您要順便來點金團嗎？」

「這個先不用。」

我不經意往旁邊一瞥，一位年約五十多歲的女性常客牽著狗走了過來。我一發現是柴犬，幾乎就要喊出「大五郎」，因為實在太像了。

柴犬轉過頭來，搖起了尾巴。女客人也朝我驚訝地眨了眨眼，於是我立刻道歉，「抱歉，牠讓我想起了松井先生的……牠長得很像一對夫妻的狗。」

她點點頭。

「不是長得像，牠就是大五郎。」

「咦，真的嗎？」

大五郎跑來我腳邊嗅聞，然後仰頭望著我，嘴角微微上揚。

「對啊。你還記得牠呢。」

我以為她在誇獎大五郎，抬起頭卻發現她正瞇起雙眼看著我。此時，背後傳來了客人要點飯糰的聲音。

「松井夫婦……他們還好嗎？是去旅行請您幫忙遛狗嗎？」

聽我這樣一問，她的臉色忽地一沉，壓低了聲音說道：「大約兩個禮拜前……夫人去世了。」

我整個人愣住了。

「再見了」，那是與千代女士再次相見的約定。腦海中驀然浮現她緩緩將手抬到胸前，輕輕朝我揮手的身影。那雙手上沒有戴手套，陽光灑落在她變形彎曲的指尖上。

就是在這裡。我和她就是在這棵銀杏樹下告別。

「松井先生傷心得閉門不出。剛好我就住在隔壁，這才幫忙帶大五郎散步。應該也有別人在照顧大五郎，只是我好久沒看到松井先生了。不過，晚上家裡會亮燈，報紙也都收走了，看樣子應該還能維持日常起居。」

腦袋變得一片混亂。

「他們總是一起出門遛狗呢。」女客人嘆了口氣。

「嗯，說是有助於復健。」

「唉，就是因為這樣……」

在做為復建的散步中，千代女士不小心摔倒了。當時還能自行起身走回家，但幾個小時後情況突然惡化，儘管松井先生第一時間就打電話叫救護車，送到醫院後不久仍去世了。

我低頭看著大五郎，松井夫婦的愛犬也歪著小腦袋回望著我，那雙如黑色玻璃珠般的眼睛是如此澄澈明亮。

女客人也外帶了一份要給松井先生的銀杏飯糰。

又過了一週。

我剛把客人的訂單轉給柴田，身後傳來了腳步聲。

我一回頭，不禁驚呼出聲。

是松井先生。

松井先生牽著大五郎緩緩走來。

依然是那副鬱鬱寡歡、不易親近的面容，卻明顯憔悴了不少。雖然因天冷套上了厚重的外衣，依然看得出他瘦了許多。

「松井先生……」

我壓抑著激動的情緒，也慢慢走上前。

松井先生那雙凹陷的眼睛看向我。靠近一看，他的臉就像倉庫裡的紙箱一樣，黯淡而粗糙，布滿了皺紋。突然間，他看起來彷彿老了整整一個世紀。

他清了清嗓子。

「三個銀杏飯糰。」

「……好的，三個。明白了。」

再次向松井先生確認後，我轉頭告訴柴田。松井先生從口袋裡掏出一只黑色的小錢包，向柴田遞出一張鈔票。鈔票在他的手中微微顫動。柴田找給他零錢。

「你知道嗎……」

松井先生沒有說下去，我也沒有追問。過了半晌，我正想開口，他冷不防咳了一聲，打斷了我想說的話。

「雖然沒力氣出門，但總不能老是請鄰居幫我遛大五郎。」

他皺起了濃密的眉毛。凝神細瞧，眉睫間摻雜著幾根白毛。

大五郎像是明白主人提到了自己，抬頭望向松井先生，大力搖晃起尾巴。松井先生俯身看著大五郎，隨即又凝視著眼前的大銀杏。

「我和我太太在一起快五十年了。」

他低聲說道。

寒風呼嘯，吹得腳下的銀杏葉沙沙作響。

松井先生縮起脖子，雙手緊緊握住大五郎的牽繩。此刻耳邊彷彿傳來了銀杏葉落的聲音。

銀杏樹上僅剩的幾片葉子飄落在空蕩蕩的長椅上。

我好想和松井先生說說話。

松井先生此刻也想被傾聽吧？才會說出和千代女士共度了五十年的時光。

可是，這段談話或許會很長，我很想坐下來聽他說，但又不希望兩人坐在那把冰冷的長椅上。可以的話，我希望邀請松井先生坐在有暖氣的餐車裡，但那需要經過柴田同意；更何況，倘若要專注傾聽松井先生說話，我也得暫時中斷接待顧客的工作。這樣一來，就只剩下柴田一個人同時接待客人和做飯糰。他做飯糰時倒是無可挑剔，但接待客人可謂是不忍卒睹。

我顧慮著會導致客人流失而猶豫不決，這時，柴田從出餐檯遞來了裝著三個飯糰的紙袋，然後淡淡地說道：「需要的話，可以使用駕駛座和副駕的位置。」

「啊，柴田，謝謝你！」

我對這出乎意料的提議感到驚訝，趕緊接過紙袋，遞給松井先生。

「可是，沒問題嗎？」

「餐車就交給我吧。」

柴田的語氣相當堅定。

「市川沒來時，我還不是照常做生意。」

「對，你說得沒錯，就算少了我，生意也能做。只是服務可能很糟糕。」

「你說什麼？」

「松井先生，請上副駕駛座暖暖身子吧。」

我邀請松井先生上車。

「大五郎也一起。」

「可以嗎？」

「這裡不是廚房，沒關係的。」

「柴田，謝謝你！」

我再次向柴田道謝，然後牽著大五郎上車，坐在駕駛座上。

大五郎伏在松井先生腳邊，一邊好奇地四處嗅聞，沒多久就跑到暖爐的出風口，將身體蜷縮起來溫順地待著。

「千代剛離開那段時間，大五郎似乎很困惑奶奶怎麼不見了，時不時就往廚房跑，或去洗衣機附近尋找，還老是歪著頭聞椅子的味道。」

在家裡四處尋找一番後，大五郎會跑到松井先生身旁叫喚，彷彿在問「奶奶去哪裡了？你把她趕走了嗎？」。

「幾年前，千代患了風濕後，常常抱怨身體這裡痛、那裡痛的，雙手也扭曲變形，那時期她變得很脆弱，每天以淚洗面。聽說風濕發作時特別痛，還會痛到醒過來，情緒低落想必是常有的事。然而，當時我卻沒辦法同理她的感受，只是厭煩地大吼，『你夠了吧！誰沒有經歷過痛苦時刻，難道就你一個人在受苦嗎！』」

松井先生的聲音顫抖著。

「想到那時候千代的臉……」松井先生定定地凝視著遠方，下巴微微昂起。

大五郎抬頭看著松井先生。

「千代走後，家裡變得很安靜。但我依然能聽到她拖著室內拖鞋走遠的腳步聲。她應該連走路都很痛吧。過了很長一段時間我才意識到，這個家只是少了一個人，就變得如此安靜、冷清，一陣寒意陡然從心底升起。當時，大五郎就像這樣一直看著我。我永遠忘不了牠那雙清澈的眼睛。於是我牽著大五郎，跟著牠的鼻子，試圖尋找千代的氣息。沒想到牠來到了這裡，沮喪地在大銀杏樹前徘徊。畢竟千代的老家早就不在了，我們……再也回不去了。」

松井先生再度清了清嗓子。我注視著他睫毛間錯落的幾根白毛，那微微佝僂的身影驀然在眼前模糊了起來。我從口袋裡拿出紙巾，按了按眼角，擤著鼻涕。松井先生連忙致歉，「哎，連累你也跟著我難過，真是不好意思。」我趕緊搖搖頭。

「有大五郎陪在身旁真是太好了。這傢伙啊，每次在千代跟前都興奮得像是要把尾巴給搖斷了似的，但也因此能夠讓千代低落的心情稍微好轉起來。光靠我一個人，什麼都做不到。多虧了牠，我到現在都感覺千代彷彿仍在我的身邊。」

松井先生低頭看著大五郎，搖晃著牽繩。大五郎也輕輕搖晃著耳朵回應。

「現在家裡就和以前一樣。後來我對大五郎說，奶奶只是去河邊洗衣服，別擔心，牠聽完就不再對著我叫了。動物真的很聰明啊。」

松井先生將手中的紙袋放在儀表板上。

「其實，我並不愛吃銀杏飯糰。」

「咦，是勉強自己吃嗎？」

「差不多吧。」

「為什麼？」

「因為這是千代的最愛。」

松井先生凝視著紙袋。

「平時三餐都怎麼吃呢？」

「很久以前就開始自己煮了。自從千代得了風濕，我就愈來愈會煮……應該算得上很會做菜吧？可是……」

松井先生搖了搖頭。

「一點也不好吃。」

「做得不好嗎？」

「現在的我，每天都煮剛剛好一人份，但比起煮兩人份的飯，準備一人份的飯菜就像在玩家家酒一樣。說不定連電飯煲也因此失去了幹勁。」

松井先生轉過臉，凝視著銀杏樹。地面上躺著一截斷裂的枝幹。

「我感覺失去了半個我。」他喃喃說著。

「當時我的確不該吼她，但我更後悔的是，我可以在千代還在時做得更多，跟她聊天、攙扶她、讓她知道我支持她，其實每天我都可以做，畢竟我們共同生活了快五十年。」

我垂下了目光，落在松井先生的褲腳上。

似乎察覺我的視線，他低聲說：「千代的手還能動的時候，她總是會替我整理好。」

「其實，我隨時都可以對她說聲『謝謝』，但我連這句話都沒能說出口。」

他重重地嘆了口氣。

「松井先生和千代女士一起並肩散步，然後走到這裡買了飯糰回家分享。她都知道，她知道您很關心她。」

松井先生抬起頭，凝視我的眼睛，眼神中透出一絲疑慮，似乎在思考我是否只是隨口說說，又彷彿在尋求著慰藉。

「是真的。千代女士當時笑著對我說：『他啊，其實是擔心我出門太久受寒了。』」

松井先生的眼睛周圍泛紅，雙唇緊閉，喉嚨裡傳出壓抑的哽咽聲。膝上的手握得更緊了。

奶白色的霧氣覆蓋前窗，飄落的銀杏葉黏在玻璃窗上，水滴流淌而下。

松井先生輕咳了一聲，努力擠出聲音說道：「謝謝你。」

「這句『謝謝』想當然是對千代女士說的，對吧？」

松井先生朝我看了一眼，緩緩閉上眼睛，彷彿沉浸在心中浮現的回憶，然後點點頭。

我們剛走下餐車，大五郎就立刻伸直前腳、打直背脊，伸起了懶腰來。然後牠左右依序慢慢伸展後腿，打了個哈欠，搖晃著身體。

一旁傳來柴田對接過紙袋的顧客說「謝謝光臨」的聲音。

聽起來依然很生硬，但語氣似乎變得更溫暖了。他進步了。「真棒，大五郎。」不對，應該是「真棒，柴田」，雖然那傢伙還是笑不出來，但一次又一次的妥協與讓步，不也是他認真的一面嗎。

松井先生走向出餐檯。

「這是金團嗎？」

「是市川做的，餡料是銀杏和南瓜。」

柴田介紹著。

「很好吃喔。甜度剛剛好，一點也不會膩。銀杏的細微苦味正好襯托出南瓜的甜味。你看，大小也剛剛好，很適合做為飯後小點心。」

我驚訝得瞪著柴田。我感覺明天這世界就要毀滅、人類也都滅亡了，只剩下眼前的柴田。

「那我要兩個。」

「謝謝您。」

我將兩包玻璃袋遞給松井先生。

他當場打開一包，直接將金團丟進嘴裡。

「好吃！」

他大聲讚嘆，吐了一口長長的白氣。

這時，一旁的大五郎緊緊攀在松井先生的小腿上，以熱烈的視線盯著金團。

松井先生將銀杏挑了出來，南瓜餡餵給大五郎，自己則吃掉銀杏。

大五郎很快一口吃光，又仰起頭露出一副「我還沒吃唷，什麼時候可以吃」的雀躍表情，將前腳搭在松井先生的腿上，伸長了身體。

「我本來不太愛吃甜的，但因為千代喜歡，我才慢慢開始吃甜食。以前也不愛散步或養狗，也是和千代在一起之後才喜歡上。市川小姐有過類似的經驗嗎？」

突然被這麼一問，我立刻想到的是……

「雞肝。但我說的是之前在這部餐車『&』吃到的雞肝。」

松井先生似乎略感意外地咳了一聲。

「很好吃吧？」

「嗯，是一份用心為客人準備的飯糰。」

「果然是這樣。」

「什麼？」

「你們兩個，彼此都看見了對方的優點呢。」

松井先生說完後似乎覺得有點難為情，攤開手掌擦了擦臉。

我偷偷瞥了柴田一眼。他正在清洗碗盤，沒有聽到我們的談話。

松井先生又吃了一個金團。

「一口就吃完了。千代應該也能輕鬆吃完。真好吃啊，真想讓她也嘗嘗。」

他感慨地說著，瞇起眼睛的臉龐變得柔和。

「我再買三份。」松井先生小心翼翼地接過點心袋。

「千代很喜歡市川小姐喔。她每次煮銀杏葉時，都會感激地說著你努力幫她收集銀杏葉的事。」

「千代女士……」

「還有店長先生……」

松井先生看向柴田。

「千代老是說自己的手很醜。但那天店長先生說……」

柴田將目光從手上的碗盤移開，抬頭注視著松井先生。

「說你喜歡那樣的手。」

柴田露出一副被指責的不悅神情，皺起眉頭。

我已經做好準備，要是柴田打算說些失禮的話，我可能會衝上去賞他幾拳來堵住他的嘴。

「千代她啊……」

松井先生咳了一聲，接著說道：

「回到家後，心情變得很好。還把手放在膝上來回撫摸。我第一次看到那樣的她。店長先生能幫我說出我沒有說出口的話，真是太好了。」

風吹動了幾片飄落的銀杏葉。

從葉子幾乎落光的銀杏樹看出去，背後是一望無際的藍天。秋日的天空感覺好遙遠。

松井先生離開後，柴田遞給我一捲廚房紙巾。

「什麼？」

「你的眼睛周圍都是黑的。」

我撕下一張廚房紙巾，按了按眼睛。

柴田繼續洗碗。

雖然松井先生一口氣買了五份金團，但直到收攤時還是沒賣完。

回到食堂，佐和奶奶吃著剩下的金團，瞪大了雙眼說：「還真好吃。今天已經賣得不錯了！」

「賣得不算好。」

我沮喪地聳聳肩。佐和奶奶說：

「第一天做生意，能賣出一個就很了不起了，茉奈可是賣出了一半喔。很棒，很了不起。」

奶奶的鼓勵稍稍振奮了我的心情。

這時，柴田抱著手提金庫走進廚房。他將手提金庫放在流理台上，打開後取出收據和錢遞給我。

「這是金團的收入。」

「啊，真的不用。」

「這可不行。」

「唔，是這樣嗎……」

塞到我手裡的錢比想像中還多。

「謝謝你。不過，應該要再扣掉製作成本。」

「你是來店裡幫忙的，自然也包含這部分。就算你不想拿工錢，還是收下吧，畢竟金額不多，也對你不好意思。」

「才沒這回事。可是，我有資格收下嗎……畢竟我只是個外行人。」

「你在說什麼呀。」

一旁的佐和奶奶忍不住插話。

「這就是茉奈你自己賺來的錢。」

我深吸了一口氣，點點頭。感覺笑意在臉上悄然綻放。

「我很開心。能將親手做的食物直接遞到顧客手裡，然後獲得相應的回報。我真的很滿足。」

胸中澎湃不已，已經幾年沒有這種感受了呢。

佐和奶奶拍了拍手。

「好！差不多要吃晚餐了。茉奈也留下來一起。」

「好的，謝謝款待。」

幾天後，我聽說松井先生住院的事。餐車外飄起了初雪。

據說是肺的問題。

「年紀大了，身體出點狀況沒什麼好奇怪的。」

松井先生臉上流露出豁達的神情。

「要休養很久嗎？」

「不知道。」剛說完就連續咳了幾聲。

我垂下目光，正好迎上大五郎的視線。

「住院期間，我弟弟會照顧大五郎。他很喜歡狗。」

過去總是俯視大五郎的松井先生，此刻蹲下身來，平視牠的黑玻璃珠眼睛。

大五郎歪著頭，似乎有點困惑。

「聽著，大五郎，我要去山上割草了，得離開一段時間。我要送你去我弟弟家。他們人都很好。那裡有一座大院子，你可以盡情玩球，還有兩個玩伴喔。你要在那裡好好吃飯，偶爾啃啃美味的骨頭。等我割完草就去接你。你要在那裡好好生活，明白了嗎？」

大五郎豎直耳朵，靜靜聽著松井先生的叮囑。松井先生離開時，仰頭望著大銀杏樹。他的眼神就像那天的千代女士一樣，充滿了深情。

轉眼到了新年，我們正準備駕駛餐車前往定點時，從醫院傳來了松井先生去世的消息。是松之內[14]那幾天發生的事。松井先生雖是因肺部疾病住院，但直接死因卻是誤嚥所導致。聽照顧他的護理師說，松井先生連在住院期間，也請人買了好幾次餐車販售的銀杏飯糰。

我們走出醫院時，雪紛然落下。

14 指元旦起「迎接年神到年神回去」這段在門前裝飾「年松」期間，因地區而異。

無論降下多少雪，雪依舊悄然無聲。

走向停車場的路上，柴田淡淡地說：

「這次可別哭了。」

我眨了眨眼。眼睛雖有些溼潤，但並沒有流淚。

「……並不是因為千代女士已經離開了，我就不為松井先生的死感到悲傷。只是，當我意識到他們共同生活了五十年，僅僅在千代女士死後分開了一個多月。這讓我明白了，人在面對失去時，感受到的並不光是悲傷和痛苦的情緒。該說是『打從心底佩服』呢，還是『很棒的緣分』？我感覺在某種程度上，內心隱隱透出一股清爽的明亮感，很奇妙的心情。」

柴田應了一聲「是啊」，接著說道：

「銀杏的花語是『長壽』與『鎮魂』。」

我停下腳步，轉頭凝視著柴田。

柴田察覺到我的目光，皺起眉頭。

「幹嘛？」

「我剛聽見一個與『花語』這個詞完全不搭的人說出這兩個字，一時不知該做何反應……」

「是奶奶說的啦。」

我想起了那棵銀杏木窪的大銀杏。銀杏樹本身的金黃色鮮豔得刺眼，宛若本身就是光源，照亮了周遭。閃耀著光芒的樹梢向上伸展，彷彿就要碰觸到天空。松井夫婦和大五郎一家正仰望著大樹，而他們也籠罩在這片金色光輝下，顯得莊嚴而神聖。腦海中驀然浮現的這幕景象，猶如冬日陽光般溫暖心頭。

「好冷啊。喂，快走吧。」

聽到呼喚，我才回過神來。轉身一看，柴田正回過頭等我。我急忙邁開步伐，快步追上他。

「他啊，其實是擔心我出門太久受寒了。」我輕聲低語。

柴田聽後又皺起了眉頭，問道：「你說什麼？」我定定凝視著他，表面上看起來，這就是一張冷淡而嚴肅、彷彿只關心自己是否會冷的面孔啊。

我一坐上副駕駛座就打了個噴嚏。柴田打開空調，暖風直吹出來。柴田可能也想趕快暖和身子，我也樂得一起取暖。正當我這麼想的時候，只見他將暖氣的出風口轉向了我。我不自覺轉向柴田，正想開口說什麼，這時一個黃色的薄片飄落在我頭頂，那一瞬間，它看起來就像一隻黃色的蝴蝶。

我正想伸手撥落，柴田卻快我一步取了下來。

夾在他指間的是一片黃色的銀杏葉。

「不知道從哪溜進來的。」

我從柴田的指間接過了葉子。

這片黃色心形葉明亮如昔的豔黃色澤，彷彿不存在於現世之中。

回到柴田食堂，佐和奶奶正站在鍋灶前忙碌著。

她從我們兩人的表情，察覺到似乎發生了什麼事。

於是我走到櫃檯前，告訴她松井先生去世的消息。

佐和奶奶沉默了片刻後，輕聲說道：

「松井先生似乎很常咳嗽。千代女士嘴上雖說自己愛吃銀杏，但也許是她知道銀杏的止咳功效，希望丈夫能多吃一點。」

不過，我確實感覺千代女士是因為自己喜歡吃銀杏，才推薦給丈夫。就算真如佐和奶奶所推測，她勸丈夫多吃點的方式，依然讓人感覺真誠且發自內心。

「假如就像佐和奶奶說的那樣，松井先生是否察覺到太太是為了他才吃這些食物呢？」

「哎，誰知道呢？」

佐和奶奶的目光穿過了燉菜上方的蒸氣，望向另一側窗外。伴隨著鍋裡燉菜咕嚕咕嚕的燜滾聲，醬油和高湯的香氣裊裊升騰。

從玄關的磨砂玻璃看出去，可以看到柴田正在鏟雪的身影。他反覆不斷地將路面的雪鏟起後扔到一旁。

「知道也好，不知道也好，對夫妻來說，或許只是微不足道的小事。」

這時，柴田走進食堂。他脫下帽子，帽子上的積雪隨即掉落在他腳邊，碎成小塊。他的肩頭也覆著一層雪。他在玄關外脫下外套，用力將雪拍落，然後關上推拉門。

佐和奶奶朝鍋子走去，掀起鍋蓋，取來竹籤戳刺鍋裡的馬鈴薯和胡蘿蔔。

「哦，味道很不錯。那就直接開飯吧！」

大盤子裡盛滿了馬鈴薯燉肉。

柴田在廚房的水槽洗手。接著，他在碗裡盛了滿滿的白飯，舀了一碗豬肉湯，拿著筷子坐到食堂的大桌子前。

我將大盤大盤的菜餚一一端到桌上。馬鈴薯燉肉、南瓜燉菜、鹽焗銀杏和滑蛋白菜燴豬肉。

盛好了白飯和豬肉湯後，將餐廳用筷擺放整齊，在柴田的斜對面坐下。

佐和奶奶也拖著腳上的涼鞋走來。她從印著貓熊圖案的褲子口袋裡掏出一只長形木盒，木盒上繫著紅繩。

她解開紅繩，打開盒子。盒中閃亮的紫色墊子上是兩雙筷子，一雙是紅色，另一雙是黑色。她將那雙紅筷子遞給我，說道：

「下單後等了好久，就像去山上砍樹一樣那麼久，終於給我等到了。茉奈，這是你的。」

「咦，是要給我的嗎？哇，謝謝您。」

我高興地接過來。

「這是拓海的。」

她將另一雙黑筷子遞給柴田。雖然看起來比我的稍大，但前端同樣也有防滑設計。

「這是夫婦筷。」

「什麼？」

柴田一臉驚愕。

「搞什麼，你究竟上哪兒買的？」

「這是重點嗎？」我在心裡默默吐槽的同時，立刻拿起紅筷子夾了些馬鈴薯燉肉。筷子一點也不滑，用起來很順手，連炸銀杏也能輕鬆夾起。好棒的筷子。

這副筷子讓我想起了千代女士。在她生病之後，手雖然再也拿不動筷子，卻還有松井先生親手捏的飯糰支持著她。

「我在樂菓買的。」

「那是供品[15]吧？」柴田吐槽，說了一個大型購物網站的名稱糾正她。

「別老是買些沒用的東西。」

「祝孫子幸福哪裡沒用。」

「市川，你也說點話啊。」

「謝謝奶奶！」

「不是說這個！你這傢伙以前不是還很討厭和別人一起吃飯嗎？現在倒很順理成章啊。」

柴田說到後來，語氣中似乎帶著一絲自豪。

「在這裡吃飯又不一樣。還有，什麼『你這傢伙』，真沒禮貌。」

「拓海，遲早都是要一起吃每頓飯的。」

柴田大聲清了清嗓子。

「哦，拓海也需要吃銀杏了嗎？」

佐和奶奶哈哈大笑。我拿著紅筷子，將炸銀杏一個接一個夾進柴田的盤子裡。

---

15 佐和奶奶想說「樂天」（rakuten），卻說成了「樂菓」（rakugan）。由於和常做為茶點或供品的日式點心「落雁」（rakugan）同音，才被孫子吐槽。

第三章

酥炸銀魚飯糰

接近下午一點鐘。

「大家辛苦了——」

伴隨著響亮且富感染力的低沉嗓音，商品部的富澤祐實前輩從停車場優雅地走進倉庫。踩在已清雪的柏油地面，長靴的鞋跟聲清脆而堅定。掛在手臂上的紙袋俐落地擺盪著。

正滑著手機、胡亂啃著像是從便利超商買來的麵包、整個人幾乎半躺在椅子上的小坂，一聽到富澤前輩的聲音，便像彈簧般立刻站起身。他挺直背脊，充滿敬意地高喊，「祐實前輩，您也辛苦了！」

「哦，果然是年輕人，活力十足喔。市川小姐，這份資料有錯。」

她將一份報表放在電腦旁。

「啊，抱歉。下班前會改好再交上去。」

「百忙中打擾你真不好意思。明天再交也沒問題。」

「可是……」

「沒事、沒事。也可能是我們課長下的指令有誤。」

我露出苦笑，感覺被看透了。能夠看透自己的人，有時會讓我感到害怕，不過基本上還是懷著感激。

「之前帶報表去找課長時，他老是甩鍋，淨說些藉口敷衍我，根本談不下去。所以我才覺得直接找市川小姐會更快。真是不好意思，那就拜託你了。」

「前輩真有遠見。」

小坂諂媚地替前輩圓場。

「對了，中午吃過了嗎？」

「嗯，吃了便當。」

「那就好。午餐可不能不吃，尤其市川小姐食量小，對身體不是好事。」

關心後輩健康的祐實前輩，眼窩卻浮現深深的黑眼圈，肌膚也顯得粗糙黯淡。難道是因為倉庫的照明不足，才讓前輩看起來這麼憔悴嗎？

「祐實前輩吃過了嗎？」

小坂關心地問。

「還沒。」

「因為公出嗎？好奔波啊。要是手邊的事太忙，請隨時吩咐我，我會盡力協助。」

小坂乘這個機會向前輩獻殷勤。我心想，要是真的請小坂幫忙，事情可能會變得更複雜，永遠也做不完。但祐實前輩只輕鬆地回應，「謝謝你，到時再拜託你了。」

「倒也不是因為工作太忙。說起來，這根本算不上工作。」

「還是在煩惱什麼嗎？工作以外的……」

小坂的臉上閃過一絲困惑。祐實前輩抬頭看著天花板，喃喃說道：「……唔，也算是工作吧。」

小坂的臉又恢復了光彩。

「前輩還沒吃午餐，先填點肚子吧。」

他將超商的袋子遞給祐實前輩。喂喂，居然直接送上整袋食物，和我之前的待遇也差太多了。那次他連一顆飯糰都捨不得給我呢。

祐實前輩輕輕舉起手中的紙袋。

「謝謝你。我已經買好午餐了。」

從紙袋口隱約可見稅務師事務所的宣傳手冊。並不是與GREAT LIFE簽約的事務所。

「那資料就麻煩你更正了。」

她拍了拍我的肩膀，踩著清雪後乾淨的柏油地面，伴隨著靴跟清脆的聲響走出倉庫。

站在柴田食堂的推拉門旁，可以聽見從停車場傳來的汽車音響聲。

磨砂玻璃的另一頭，柴田正在努力鏟雪。這是相當消耗體力的工作。

柴田也會換輪胎。我的小車之前出了點狀況，也是請他幫忙換的。如果送到加油站，換一次輪胎就要兩千圓，這樣真的省很多。柴田還教我，必須將輪胎的螺絲依對角線順序交替鎖緊。他在指導我用腳踩踏扳手以確保輪胎固定時，我將腳抬得老高，然後狠狠地踩下去，再使勁轉動。他在一旁默默看著，問我「……你最近是不是遇到不順心的事了」。

烤箱發出燒烤完成的信號。我打開烤箱，酸甜的蘋果香和濃郁的奶油味撲面而來。

一口大小的蘋果派整齊排列，派皮表面的網格清晰可見，上頭塗滿了杏子果醬，光澤誘人。

我拉開玄關門，朝柴田的背影大喊，「蘋果派烤好了！快來吃吧！」

柴田抓起脖子上的毛巾擦了擦臉，便扛著鏟子走回來。他將雪鏟插在玄關外的雪地上，然後拔出幾乎要被雪掩埋的水瓶，喝了口水。

這時，身後傳來了佐和奶奶的驚呼聲，「真好吃！日本第一！」

我一轉過身，眼前就是一邊大口咀嚼、一邊朝我豎起大拇指的佐和奶奶。

我也立刻朝她豎起大拇指。不論在公司，還是日常生活中，獲得讚美的機會並不多，因此偶爾被稱讚時，心情都會格外激動。

「市川，你聽過釣銀魚嗎？」

「聽是聽過，但從來沒釣過。怎麼了？」

「之後我想推出……」

「叭叭」，喇叭聲響起。一輛輕型貨車駛入停車場，貨斗上裝著印有「猿賀農場」的紙箱。

一名身高與我相仿、約一米六的男子從駕駛座上靈活地下了車。男子肩寬頸粗，臉頰上冒著一顆大痘痘，臉上掛著一副淺色的太陽眼鏡，頭上戴著印有農協標誌的帽子。

「嗨，柴田。」

太陽眼鏡後的眼睛微微瞇起，男子朝我們揮了揮手。

「是新女友嗎？」

他隨意問起，卻沒有看向柴田和我。柴田沒有回應他，逕自轉身朝輕卡的貨斗走去。我待在原地，只好硬著頭皮上前打招呼。

「你好，我是柴田的同學市川。」

「你好，我是農家的長男猿賀，和柴田是小學同學，正在招募老婆。」說完便摘下了帽子。一頭濃密的黑髮，紮著小髮髻，側邊的頭髮修短。男子咧嘴一笑，露出了一口歪扭的虎牙。與某位「認為自己笑了就輸了」的傢伙截然不同。

「你是猿賀？」

「咦？」

「我是市川茉奈，我們是小學同學。」

猿賀摘下了太陽眼鏡，整張臉湊過來，眼睛上下反覆掃視。我微微低下頭。

突然間，猿賀驚聲一呼。

「真的是川市！」

「是市川。」

「對對，市川市川。市川家的小茉莉。」

「我是茉奈。」

「我當然記得，真是懷念啊。」

「猿賀，過來幫我搬箱子。」

柴田伸手按著紙箱。

「好好，真會使喚人。市川是來打工的？不過，這傢伙賺得應該還僱不起員工吧？」

「我來幫忙的。」

「沒薪水？你們該不會在交往吧？」

「才沒有。」

柴田和我幾乎同時回答。不對，柴田還先我一步。不知為何覺得有點鬱悶。

「因為有供餐，可以跟著餐車到處跑，還能與顧客直接面對面接觸，所以我才來幫忙。我也在餐車上販售自己親手做的點心。」

我走進廚房，拿了幾個冷卻架上的迷你蘋果派後回到門口。

我請猿賀試吃。他一口就吃了好幾個，還沒吞下去就立刻大聲讚美「好吃」，看樣子並沒有認真品嘗。

「在農產品加工場或直賣所，也有媽媽會帶自己做的點心來賣。我常想，要是能使用自家種的蔬菜做點心也不錯。要不要考慮當農家的媳婦啊？」

猿賀將手搭在我的肩膀上。

「猿賀。」

柴田催促著。猿賀連聲回應「好、好」，隨即走向貨卡。

我們從卡車上陸續卸下蘿蔔、白菜、胡蘿蔔、長芋等蔬菜，然後搬進大廚房。

「佐和奶奶也在種菜，但還是得進貨嗎？」

「畢竟自己種的量太少。猿賀他們家還種稻米。」

「哇，業務範圍真廣。」

「柴田，別讓女生搬這麼重的東西。」

猿賀大聲叮嚀。

「我沒問題的。在公司還有更重的呢，這點算什麼。」

我使勁環抱起紙箱，往廚房裡走去。

回到貨車旁，柴田正數完鈔票遞給猿賀。猿賀邊寫收據邊說：

「日暮廚房正在擴展喔。」

「是嗎？」

「是吧，你視為競爭對手的那位小少爺，最近正忙著開拓新業務。」

「新業務？」

猿賀瞥了行動餐車一眼。

柴田沒有再說什麼，接過收據確認金額後說道：「少寫了一個零吧。」猿賀吐了吐舌頭，心知被看穿了便重新寫過。

「小茉奈，要是這傢伙對你太苛刻，你就來我這兒吧。」

再會嘍。猿賀躍上貨車，輕快地駛離。

「真是個有趣的人。」

我忍不住笑出聲來。一旁的柴田也說：「是啊，他其實並不壞。」

「你和猿賀一直同班嗎？國中，還是高中？」

「都沒有。國中分班後就慢慢疏遠了。後來聽說他去讀農業高中。我是進餐廳上班後，才再次見到他。」

「那時他就在賣菜了嗎？」

「嗯。」

星期日，我花了一小時的車程來到東北町[16]的小川原湖。

坐望小川原湖的停車場是今天的據點。

降雪後的湖面是一片銀白世界，在陽光照耀下反射著令人目眩的光芒。到處散落著釣客的帳篷、釣竿、餌料、燃氣爐，還有用來鑿冰的工具，這些全部都能租借，只要穿著保暖衣物，隨時就能釣魚。

遊客們來到帳篷外，紛紛戴起太陽眼鏡。我們一邊進行開店準備。

「柴田，你要是戴太陽眼鏡，客人都不敢來了。」

「為什麼？」

柴田皺著眉頭問道，然後手提著桶子走開了一會兒。回來時，桶裡晃著幾條銀魚。

「那是什麼？」

「買的。」

走近餐車的客人一看到柴田，都會先停下腳步。太陽眼鏡雖然遮住了那對嚴厲的目光，卻更凸顯他所散發的可疑氣息。部分客人似乎會先小心翼翼地判斷眼前男子是不是危險人物。

16 位於青森縣上北郡。

我則努力保持熱情，確保不遺漏任何一個客人的需求。

等客人較少時，我就到廚房洗碗、清理垃圾、補充包裝和紙袋。

廚房空間狹小，為了避免撞上柴田或妨礙他烹調，我必須時刻注意他的動向，適時調整自己的位置，幾乎和待在公司的狹窄倉庫裡工作沒兩樣。

「咦，市川小姐！」

呼喚我名字的聲音迴盪在寬廣的小川原湖上。

我轉向聲音來源，一個男人在冰凍的湖面上朝我奔跑。他身上卡其色連帽外套的帽子往後垂落在脖頸，頭上戴著一頂黑色帽子。男人身後是穿著修身紅色羽絨服的女性，正將雙手插進口袋快步走著。

突然間，男人在湖面上摔了一跤。

我趕緊跑過去，一把抓住他的手臂扶起。原來是小坂。

「小坂，你也來釣銀魚嗎？」

「是商品部的聯誼會。」

紅色羽絨服的女性比小坂早一步回答，她將太陽眼鏡推到額頭，露出了凍得蒼白的臉。

「祐實前輩！」

「我一看到餐車就問小坂，『市川小姐是不是在那裡幫忙？』」

「果然沒錯。沒想到你們也在這裡，真是得救了。我剛好被叫去買飯。」

我領著他們倆走回餐車旁。

小坂拿出手機，一邊撥電話，一邊瀏覽菜單。等電話另一頭說完，小坂便重複一遍，「梅子飯糰、花蛤佃煮風味飯糰、生薑味噌烤飯糰……還有十杯咖啡。」

我快速記下後遞給柴田。

切斷通話後，小坂問祐實前輩，「前輩，你要點什麼？」

祐實前輩盯著菜單，撓了撓頭。

「這個嘛……」

一直透過太陽眼鏡注視著祐實前輩的柴田，突然間插話，「可以試試甜辣調味的酥炸銀魚飯糰。」那平淡的口氣就像ＡＩ在分析股價一樣。我擔心前輩會覺得不悅，心中忐忑不安。

「哦，我們那裡也在炸銀魚。但我比較想嘗嘗淋上醬汁的炸飯糰。」

太好了，不愧是祐實前輩，從容地應對柴田突兀的舉動，我大大鬆了一口氣。

柴田仔細清洗著銀魚。

我跳上餐車，以廚房紙巾吸乾銀魚的水分。沐浴在陽光下的銀魚，閃耀著金屬鏡面般的光澤。

柴田準備裹上麵粉。我將鍋裡的油加熱，同時備妥瀝油網。

「還有其他需要做的嗎？」

「幫我磨點做醬汁的薑蓉，磨多一點。」

「了解！」

我一邊磨薑、一邊問出餐檯另一側的小坂。

「你為什麼來參加商品部的聯誼會？」

「我不是常去別的部門串門子嗎，聽到商品部要辦聯誼會，就暗中打聽能不能參加。後來大家說人多才熱鬧，我就來了。」

「也就是名為聯誼會的假日強制活動[17]。不過，這樣小坂就能連休假都見到祐實前輩嘍。」

我在後半句降低了音量。雖然小坂對祐實前輩的仰慕顯而易見，大家心知肚明，祐實前輩想必也很清楚。但畢竟前輩就在旁邊，還是低調點比較好。

「這也是原因之一啦。」

小坂瞥了祐實前輩一眼。

她正專注於柴田的動作。

---

17 原文是「休日強制奉仕」，為日本部分企業的職場文化，通常是出於增進員工交流、提升團隊精神等目的，要求員工在休假日參與某種活動或半強制性的義務。

小坂輕聲說道：

「聽說祐實前輩最近不斷被課長刁難。我有點擔心。」

「難道是課長要求前輩來買飯糰的嗎？」

「就是。很惡劣吧。要是你們沒來，我還得開車去車程十五分鐘外的便利超商。坦白說，以祐實前輩的實力，早就該超越課長，當上部長了。」

「的確如此。」

祐實前輩總是穿梭在各個部門間，業績第一、簽約數第一，還主導推動公司的新系統、製作投訴處理手冊……認真細數下來，她的功績數不勝數。然而，她依然沒有升職。

「祐實前輩升不上去，恐怕就是因為她總是能指出公司的問題。前輩在工作上的敏銳度，讓不少課長級主管感到威脅，可能因此在考績上打了低分。畢竟連她的直屬主管都對她懷有敵意。」

那些一味逢迎上級、將下屬功勞據為己有的傢伙，反倒順利地加官晉爵。然而，像前輩這樣優秀的員工，卻只能被能力平庸的課長隨意呼來喚去。

小坂不知是出於同情還是無奈，蹙緊眉頭注視著祐實前輩。

不過，祐實前輩像是對經營餐車很感興趣，連番追問柴田，「自己出來做餐車，曾經遇到什麼困擾嗎？資金是怎麼解決的？你找哪一家的稅務師？」

「前輩看起來還是和往常一樣。」

「她真的很堅強。」

「那些惡意的攻擊和施壓……可能也是一種嫉妒吧。」

「是啊。站在課長的立場，前輩的確可能威脅到他的地位。他們似乎曾因工作方式的分歧而發生過爭執。」

「真的嗎？我倒是沒聽說。」

「很正常。說到底都是部門內的事。除非像我這樣到處串門子才會知道。」

「到處打聽祐實前輩的消息嗎？」

「喂，別誤解我的意思。」

「你為什麼對祐實前輩這麼執著？」

「說什麼執著啦，這樣說會被誤會的。我是出於對她的尊敬。」

「一不小心就會被當成跟蹤狂喔。」

「其實，要不是前輩提醒我，我在公司早就犯下了大錯。之前向客戶報價，我不小心將總金額的兩個數字輸錯了。」

「也真有你的。一般來說頂多錯一個數字，還沒看過錯兩個數字。」

「總而言之，最早發現這個錯誤、並私下提醒我的就是祐實前輩。我當時忙著補救，來不及吃午餐，她還特地帶點心給我。」

「餓肚子只會讓腦袋變得遲鈍，更容易犯錯。」

「當時我身處水深火熱之中，影印機卻還卡紙，也是前輩幫忙修好的。」

「畢竟這也會影響其他同事工作啊。」

「市川小姐，你到底想說什麼啦，一提到前輩對我好就開始調侃我。」

這時，餐車裡飄出了咖啡的香氣，是苦澀中摻雜著巧克力香的濃郁氣息。

「要我幫你拿咖啡嗎？」

「那就太好了，但你不用留在餐車幫忙嗎？」

我轉向柴田。他正在為桌上排列好的十個杯子注入咖啡。

柴田似乎聽到了，淡淡地說：

「沒事，還忙得過來。」又補了一句，「差不多了，目前只剩一組客人。」

「柴田，謝謝你。」

我將飯糰逐一裝進盒子，再放入紙袋。

「要不要搭配一片蘋果派？」

柴田指了指櫃檯角落的籃子。祐實前輩順著他的手看過去。

「這是市川小姐親手做的嗎？就像銅鑼燒一樣小巧可愛呢。雖然是迷你版，卻感覺很精緻。我要買十個……二十個好了。」

「謝謝您！」

我感到自己因雀躍而揚起的聲音，不知不覺中與柴田那平淡的嗓音重合在一起。

祐實前輩付了錢，接過開立給「商品部」的收據，就在大家分工合作下，提著裝滿了飯糰、咖啡和蘋果派的紙袋，朝五顏六色的帳篷區走去。

冰凍的湖面上覆蓋著積雪，腳下嘎吱嘎吱響。我們一邊走、一邊小心避開遊客釣魚後留下的洞。

「市川小姐看起來很開心呢，而且和那位店長很有默契。」

耳邊傳來祐實前輩爽朗的聲音。

「姑且不論有沒有默契……但真的很開心。」

「很棒啊，會讓人變得更有活力。」

「是啊。」

「氣色看起來也更好了。」

「可能是因為攝取的營養比以前更完整。」

「那還真的要感謝他的料理。」

「這倒是。」

我心想，和柴田、佐和奶奶三人共享晚餐的愉快氣氛，或許也是原因之一。

「前輩，你們從幾點開始釣魚呢？」

「我們是幾點到的？」

祐實前輩轉頭問小坂。小坂笨拙地扭動身體，匆匆瞥了一眼手表，手上大包小包的紙袋摩擦出沙沙的聲響。

「大概是十點過後，差不多兩小時了。」

「兩小時嗎……」

「但幾乎沒在釣魚呢。」

前輩聳了聳肩，小坂則朝我眨眨眼。原來如此。看樣子前輩在某人任意的指示下，被迫四處忙碌。

「小坂，留意腳下。那裡有洞。」

「哇！」

祐實前輩才剛提醒，小坂就猛然踩進了那個圓形的小洞裡。只見他雙臂高高舉起，像在歡呼似的轟然倒下。所幸前輩以驚人的反應能力，接住了從小坂手中飛出的紙袋，阻止了一齣摔爛飯糰的慘劇。

小坂試圖爬起，但很快又跌得四腳朝天。我們雙手提滿了紙袋，只能在一旁看著可憐的小坂努力站穩身子。

終於走到聯誼會的現場，女員工們正在帳篷外忙著烤食材、炸銀魚。一旁坐著裹著白色防寒衣、一副雪人模樣的商品課課長，他和一群男同事坐在簡易摺疊椅上，圍坐著喝酒。

課長滔滔不絕的自誇和抱怨聲，迴盪在冰凍堅硬的湖面上。

察覺到我們三人走近，他像呼喚貓狗那樣招了招手。

「哦，終於有個可以使喚的小跑腿回來了，還以為你在哪兒凍死了呢。」

女員工紛紛露出緊張的神色，男員工則掛著一臉尷尬微笑。

「哎呀，沒能滿足您的期待真是失禮了。」

祐實前輩開朗地回應，一邊從紙袋裡取出裝著飯糰的盒子遞給課長。課長粗魯地接過。

祐實前輩將飯糰一一分給部門同事。

這時，課長高高舉起紙杯，然後假意驚呼一聲。

「哦，上司的酒杯已經空了喔！」

課長似乎在暗示別人幫他倒酒，但並沒有明確開口。看來跋扈的姿態下還是稍微顧及了禮節。

女員工比剛才更專注地烤食材。祐實前輩只好從冰箱裡拿出一瓶日本酒，微笑著幫課長倒酒。但課長冷冷地收回了紙杯。

原本就冷得刺骨的湖面顯得更加凍寒。

小坂拿起酒瓶上前。

「課長，請吧。」

課長斜睨著正在倒酒的小坂，扭曲著臉笑道：「哦，連存在感很低的倉庫同事，偶爾也很機靈嘛。」旁邊的男員工附和著笑了。

「要是少了倉庫的同事，商品怎麼送到顧客手裡呢？」

祐實前輩報以微笑。

課長驟然蹙緊眉頭，微醺的眼神落在祐實前輩身上，搖晃著身體站起。飯糰從他的膝頭滾落在地。

「搞什麼，你為什麼總是要跟我唱反調？你難道以為自己很優秀？我可要告訴你，你要是優秀，就不會到現在還是基層員工。別人都升官了，你還在原地踏步，在公司內四處調動。你也不年輕了，該好好反省一下自己，明白了嗎？」

課長踉蹌地走上前，黑色的長筒雪靴踩在飯糰的包裝盒上，飯糰從壓扁的盒口擠了出來。

我感到頭頂轟然湧上一陣怒火，不自覺前傾身子，對著微微搖晃的課長伸出雙手。

然而，雙手撲了個空。

絨衣。

課長摔倒了，那姿勢就像飯糰從膝上滾落到地面一樣，極富藝術性。

我轉過身，祐實前輩正伸出反射性想攙扶的雙手，小坂從後面拉著前輩的羽絨衣。

離課長他們稍遠的帳篷裡很溫暖，幾乎有點熱。煤油暖爐正在燃燒。帳篷入口處的拉鍊拉開了一點，從外頭透進細長的白光。

祐實前輩和小坂正在垂釣。

兩個小時前，祐實前輩在冰面上打了洞。餌料是一種米粒般大、略長的蟲子。看到祐實前輩戴著手套將餌料俐落地掛在鈎子上時，我幾乎想撲上去擁抱她。

前輩將她的摺疊椅讓給我，我婉拒後直接蹲在湖面。她還將自己的咖啡遞給我，但我也推辭了。

「前輩，真對不起，是我讓課長……」

我向祐實前輩低下頭表示歉意。

祐實前輩啜了一口咖啡，朝我擺擺手。

「不是、不是，和你無關。」

「雪人是因為釣銀魚的洞摔倒的。」

「咦？」

「那還是他自己開的洞。」

我啜著咖啡暗忖，原來我什麼也沒做。

「原來如此。可是，前輩當時也很生氣吧？」

「誰教他嘲笑倉庫的同事。」

「是因為那件事嗎？」

我一直以為是受到課長那樣近乎霸凌的言行對待，才讓前輩如此憤怒。

「居然對工作夥伴說出那種話，我無法原諒。」

「都是因為我……」

小坂眼眶微微泛紅。雖然前輩的憤怒確實是出於為倉庫同事感到不平，但和小坂的解讀仍有落差。不過，前輩聽了只露出苦笑，沒有否認。這樣的反應也顯示出她的成熟。

「課長他們喝得那麼醉，要怎麼回去？」

「似乎打算讓女員工開車送他們回去。聽說過來時也是搭女員工的順風車。」

小坂的語氣中透著無奈。

我深深嘆了口氣。

「祐實前輩也要送哪個同事回家嗎？」

「怎麼可能！前輩要由我送回家才行。」

小坂激動地拍著胸口。看樣子小坂今天是開車來的。

祐實前輩沒有提起課長，一手將咖啡放在冰桶上，慢慢捲起了魚線。她喃喃自語，「什麼都沒釣到呢。」

「我聽說這裡滿好釣的，卻什麼都沒釣到。該不會已經錯過了最佳時機吧？」她重新握緊竿子，將魚線垂下，看起來充滿鬥志，但很快就打起了哈欠。

「前輩最近是不是睡很少？」

「嗯，當然有睡。」

她的臉色蒼白，卻依然隱約透出一股威嚴。

「是不是太拚命了？要不要稍微休息一下？」

祐實前輩默默凝視著釣魚的洞口，來回搖晃、輕輕抖動著竿子。

「要是精神不好，當然會打哈欠。我們來吃飯糰吧。」

小坂從紙袋中拿出銀魚飯糰遞給前輩。炸銀魚的尾巴正好露出一截，裹著的酥皮上沾染著紅褐色的醬汁，醬汁也滲入了白飯中。

「感謝你們的關心。那我就開動了。」

祐實前輩輕輕咬了一口，眼睛忽然瞪大。

「哦！醬汁恰到好處，辣度也剛剛好，外皮酥脆又不厚。市川小姐，你也嘗嘗看。」

她將剩下的飯糰遞了過來。

「謝謝前輩。別管我，你先吃吧，多補充點能量。」

小坂也咬了一口飯糰，滿足地說：「捏成飯糰後，還是可以吃出清爽鬆軟的口感，銀魚本身的微苦與醬汁的甜味相得益彰。」接著，轉頭向祐實前輩露出燦爛一笑。

只見前輩大口咀嚼著飯糰，柔和的下顎線條明顯起伏。

「前輩，吃飽比較有精神了吧？」

「沒有人在吃這麼好吃的飯糰時會沒精神的啦。」

小坂往後靠在椅背上，拿起手機搜索著。

「網上說，銀魚富含有益於維持肌膚健康、穩定情緒、恢復體力及促進新陳代謝的營養成分。」

「真的嗎？店長早就知道這些資訊了嗎？」

「或許吧。雖然我從來沒看過他在查這些資料……」

「不愧是店長。」前輩由衷讚嘆著。

聽到柴田被讚美，我心裡感到非常自豪。

「哦，還有抗衰老的功效。」

小坂向我們展示手機畫面。但我忍不住想吐槽他，這種資訊就免了吧。

「看來我之後應該要常吃銀魚。」

祐實前輩說完，吞下最後一口飯糰，接著打開蘋果派的包裝。

「那蘋果派有什麼功效嗎？店長還特別推薦呢。」

「功效嗎……」我陷入沉思。前輩似乎對這個話題很提興趣。小坂迅速上網搜索後，驚呼一聲，「真的有……」

「內餡是卡士達吧？牛奶和雞蛋好像都能幫助睡眠。」

「居然——」

我和前輩同時驚嘆著。

祐實前輩伸出食指來回輕撫眼窩。

「其實，我不是失眠，而是因為睡太少。」

「還是應該多休息，前輩快去睡一下。」

小坂殷切地說著。

我也補上一句。

「要是因為工作而被迫縮短睡眠時間，那就更應該多攝取促進睡眠的食物，讓身體好好休息。」

「你在幫男朋友推銷嗎？」

祐實前輩微笑著說。

「我們之間沒什麼，單純只是小學同學而已。」

我趕緊否認。

小坂在一旁插話。

「那位店長雖然看起來有點可怕，其實很關心客人喔。」

他說完就打了個哈欠，沒多久，我也跟著打了個哈欠，頭變得沉重起來。

前輩笑著說：「我看你們才應該多睡一點。」接著又吃了一口蘋果派。

「真好吃。蘋果多汁，果香濃郁，餅皮又酥脆，散發著濃郁的奶油香氣。卡士達醬入口滑順，與雞蛋是完美的結合。小小一塊，吃起來卻充滿奢華感。市川你真厲害。」

「我只是很享受製作甜點的過程。沒想到能被前輩讚美，真的很榮幸。」

「很多人誤以為不努力就做不出成果。其實只要樂在其中，肯定能做出成績來。」

我點了點頭，猜想前輩這番話可能意有所指。這時，祐實前輩的魚竿微微顫動。

「啊，終於來了！」

只見她迅速捲起魚線。三條閃閃發光的銀魚像鯉魚旗一樣被拉了起來。接下來，魚不斷上鈎，銀色的魚身閃耀著光芒，彷彿一道道光源，映照著讓人眼睛都瞇了起來。

細長的竿子看起來很容易折斷，實際上卻柔韌而富有彈性。

「我這裡也有動靜了！哈哈，真有趣！」

小坂也在收線，銀魚在水中跳動。

「又上鈎了！還以為已經錯過上魚高峰期了呢。」

祐實前輩的笑容好耀眼。

剛剛發生的一切似乎都已變得雲淡風輕。

「前輩，高峰期還沒結束喔！現在才剛開始！」

「沒錯！好戲還在後頭！」

魚不斷上鈎。

「啊，我去拿點蔬菜和肉來烤。」

小坂放下釣竿起身。

「那麼，我也差不多該回去了。」

「哎呀，既然都來了，市川也留下來烤魚吧。」

祐實前輩的目光仍緊盯著魚竿，一邊遊說我。

「我當然想留下來。但要是沒回去，那位冷面將軍遲早會嚇跑客人。」

祐實前輩輕笑了一聲。

「到底誰才是店長啊？不過，這樣對等的關係才能長久喔。」

於是我跟著小坂走出帳篷。

「嗚，好冷。」

我縮起身體。刺骨的寒風迎面吹來，我感覺肌膚上的毛孔都縮了起來。外頭與帳篷內的溫度天差地遠，原本昏沉的腦袋瞬間清醒起來。

與小坂道別後，我朝餐車走去，感覺身體似乎變得愈來愈輕快，真奇怪，難道是因為在帳篷裡待太久了嗎？

已經可以看見餐車了，一組客人手裡提著紙袋，正準備離開。

我停下腳步，回頭看向帳篷。遠方五顏六色的小帳篷散落在銀白色的湖面上。薄薄的積雪隨風飛舞，就像灑向空中的銀粉般映射出光芒。

風驀然止息，雪幽幽飄落，周遭靜謐無聲。

視線豁然變得清晰，冰面世界的清冽感湧上心頭。不知為何，我的內心隱隱感到不安。就在這瞬間，我毫不猶豫地轉身走回前輩所在的帳篷。

來到帳篷前，我大喊「前輩，我要進來嘍」，帳篷內悄然無聲。

心中的不安轉為不祥的預感。我迅速拉下拉鍊，熱氣撲面而來。在紅色的帳篷內，映入眼簾的是倒在地上的前輩。

「前輩……」

腦袋轟然一片空白，一時間不知發生了什麼事。冰面上散落著幾隻仍在扭動的銀魚。

風在我身後的入口處呼嘯著，視線被吹亂的頭髮遮蔽。

我衝上前，讓虛弱的前輩枕在我的大腿上。她微微蹙眉、臉色通紅。

「市川嗎……」她叫喚我的名字，悶聲說著「頭好痛」，聲音緩慢而無力。

我陡然升起一股恐懼。

我連忙掏出手機，以顫抖的手指按下通話鍵。

「喂，怎麼了？」

「柴田！柴田！前輩出事了，她一直說頭痛，而且身體動不了！」

霎時一陣沉默。

「把她弄出去！快點！然後不要再進帳篷，趕快叫救護車！」

柴田的怒吼聲驅散了我內心的恐慌。

我一把抓起祐實前輩的手臂，讓她搭在我的肩膀上，然後使勁全身力氣將她拖出帳篷。寒風打在我們身上，我切斷與柴田的通話，迅速撥打一一九，向指揮中心仔細描述了前輩的狀態，「還有意識，但臉脹得通紅。她說頭很痛，手腳也變得麻木，還覺得想吐。什麼？要把臉翻成側躺？我知道了。」

「市川！」

柴田一腳踢散了湖面的冰片，快速朝帳篷跑來。我一見到他，原本緊繃的情緒瞬間鬆懈下來。

另一頭，小坂正雙手捧著紙盤，優閒地走來。他遠遠望見側躺在冰面的前輩，就扔掉了手中的肉和蔬菜，衝過來跪在一旁。

「發生了什麼事？祐實前輩怎麼了？」

「一氧化碳中毒。」

柴田脫下羽絨衣，正要披在前輩身上。小坂見狀，也快速脫下外套，搶在柴田之前裹住了前輩。

這時，課長和幾名同事好奇地湊過來，一副要看好戲的樣子直問：「怎麼了？怎麼了？」

等他們看見倒在地上的祐實前輩時，神色立刻慌張起來，茫然地呆立在原地。

我向他們說明了情況。

不料，課長一聽完便急忙對身邊的男同事強調，「這可不是我的責任。都是她不好，才會發生什麼中毒的事。是她自己沒做好安全管理！」那連珠炮般的語氣微微顫抖著。

都到了這種局面，這傢伙依然只想明哲保身。我心中燃起了熊熊怒火。我深吸一口氣，正想開口時，一道厚實的力量壓上了我的肩頭。轉過身，是柴田的手。那張凝重的臉上眉頭緊鎖。我只好先壓下怒氣，緩緩吐出一口氣。

在柴田的指示下，小坂隔著前輩身上的外套，以掌心持續輕拍她的背部舒緩不適。不久後，祐實前輩逐漸恢復過來……就在這時，遠處傳來了救護車的警笛聲。

小坂跳上自己的車，跟著救護車前往醫院。

我回到餐車時，發現出餐檯和後門都敞開著，四周空無一人，只剩下掛在餐車上的裝飾布幔在寒風中輕輕飄動。

「喂，不會吧……錢放在哪裡？沒有被偷吧？」

「放心，現金箱在駕駛座下方。」

旁邊傳來了柴田的聲音。我鬆了一口氣。

「柴田真是可靠啊。」

「當然。人只能靠自己，連自己都不可靠了，還能仰賴誰呢？」

他或許只是隨口說說，但一想到來餐車幫忙的自己，內心不禁感到一絲淡淡的失落。

柴田爬上餐車，開始收拾準備打烊。

「要走了嗎？」我問道。

柴田停下手中的動作，轉身看著我。

「你還能繼續嗎？」

他的語氣中不帶任何嘲諷或輕視。

我點了點頭。

「前輩的情況已經好轉了。況且，她一定會希望我好好完成工作。所以我要堅持到最後。你來這裡是為了做生意，我是來幫忙的。」

說著說著，我突然意識到內心深處湧上一股努力貢獻自己的渴望。

我重新擺好籃子裡的蘋果派。柴田看著我，也戴起了帽子，在流理台上噴灑酒精。

「是啊，市川再怎麼擔心，對那個人的病情也沒有任何幫助。」

「話是這麼說啦，但你這口氣也太無情了吧？」

「哪裡無情了？」

看到柴田一臉疑惑，我也懶得解釋，於是轉換話題。

「沒想到會一氧化碳中毒……明明已經將帳門拉開了一條小縫。」

「就算留了小縫，會中毒的時候就會中毒。不過，救護人員剛才說症狀很輕微，整體來說算幸運了。倒是市川，你現在感覺怎樣？」

「我沒事。當時腦袋一片昏沉，完全沒想到是因為一氧化碳。畢竟一點味道也沒有。」

遠遠看到商品部的同事在收拾場地。幾乎清一色是女職員在張羅忙碌，課長和其他男職員站在一旁聊天。

「果然……課長在家裡也是這副德性嗎？」

「那個雪男就是你們公司的課長？剛剛出事跑最快的就是他。市川，你原本想對雪男說什麼？」

柴田依然面無表情，但語氣中流露出一絲興味。我默默地調整蘋果派的位置，同時嘆了口氣。

「唔……我原本想說什麼嗎？總之，當下整個人感到很憤怒。人之所以被尊重，並不是因為身為上司，而是要具備讓人信服的特質吧？但課長總是在下屬面前耀武揚威，還將工作能力很強的祐實前輩視為眼中釘。」

眼前又浮現出飯糰被踩爛的畫面，心中的怒火再次燃起。

柴田淡淡地說道：

「雪男那些人做過什麼，現在都無所謂了。重點是，不論一個人能力再強，只要被綁在別人掌控的組織中，就未必能嶄露頭角。」

「……柴田，你剛才為什麼要阻止我反駁課長？」
「當時，你那位一氧化碳中毒的前輩直盯著你瞧。我判斷她要是有力氣，肯定會站起來阻止你。」
柴田走到水槽邊，雙手俐落地切開冰魚。
「是嗎？前輩應該比我還想踢飛那個瞧不起倉庫同事的課長咧，怎麼可能會阻止我。」
「不是不可能啊。」柴田漫不經心地回應。
「或許她擔心你站出來，會成為課長下一個針對的目標。那一瞬間，說不定她是害怕你會重蹈她的覆轍。」
我愣愣地看著柴田。他的目光卻始終停在手上的動作。
「你有個好前輩。」
「……嗯，真的是很棒的前輩。」
柴田在冰魚表面裹上一層薄薄的麵衣。

「……呃，謝謝你趕過來。」

我向他道謝。「還有那通電話。」

當時柴田那強有力的嗓音，讓我從驚慌中冷靜下來。

「要是沒有打給柴田，不敢想像情況會變得多糟。真是多虧你了。」

「那當然啦。」

他的字典裡應該沒有收錄謙虛這個詞。

這時，一輛旅行車駛入停車場，從車上下來一家人。客人上門了。

我將一氧化碳中毒意外的陰霾拋在腦後，面帶微笑迎接他們。

「歡迎光臨！」

我們圍坐在柴田食堂的大餐桌前。來餐車幫忙的日子，三人一起吃晚餐已經成了習慣。

坐在我旁邊的佐和奶奶今天穿著鮮紅的運動衫，上衣正中央印著一顆金色大虎頭，下身搭配白色燈籠褲，閃亮的造型讓人不住眨眼。

我告訴佐和奶奶今天發生的事。

「……總之，當下趕緊送醫。後來，後輩傳訊息告訴我，狀況已經穩定下來，但為了安全起見，得住院觀察一晚，明天就能出院。」

「是嗎，真是驚險，差點就沒命了。幸好那位前輩和茉奈都平安無事。」

佐和奶奶邊說邊點頭，像是在細細咀嚼這份平安。

「這都多虧了拓海。他很清楚一氧化碳中毒的症狀。」

我不自覺前傾身體。但佐和奶奶只是一臉見怪不怪，平淡地說道：

「料理學校會教啊。以前還在經營食堂時，我們也會特別注意。孫子看在眼裡，自然也就記住了。」

「啊，原來如此。」

正在一旁大快朵頤的柴田，似乎對這番對話毫無興趣。

佐和奶奶輪流看著我們，瞇起了眼睛，微笑說道：

「還好茉奈當時走回帳篷，那位前輩才能以輕症獲救。」

「只是湊巧而已。」

「唔……只是湊巧嗎？」

「什麼？」

「前輩在帳篷裡的狀況、你當時的感受，以及你離開帳篷後的身體變化，能留意到這些乍看之下微不足道的細節，不就是因為你本身的敏銳嗎？」

我不好意思地抓了抓頭。

「您把我說得太好了。」

「或許吧。」

柴田的字典裡真的沒有謙虛這個詞。

「不過，市川還是挺關心前輩的嘛。」

「什麼？不是、不是，我算不上特別關心祐實前輩，但她就是那種會讓後輩敬愛的人。」

柴田朝我露出了溫和的目光。

我彷彿聽見自己心跳的聲音。或許是一氧化碳的影響吧。

柴田垂下頭繼續吃飯，夾起一塊以南蠻醬汁醃漬的冰魚送入口中。

佐和奶奶將手擱在我的手臂上。

「茉奈啊。」

她朝我深深俯首，圓潤的背上印著一隻銀色的狼。還真是「前門有虎，後門有狼」的造型呢。

「你和拓海很有默契，是一對好搭檔。今後也請繼續支持他。」

「啊，好的。」我回過神，連忙回應。

「我這孫子雖然一副怪脾氣……」

「奶奶說得沒錯。但奶奶不要鞠躬啦。」

「拓海本質上是個溫柔的孩子。我這把老骨頭，都能看見人生的盡頭了，如今只盼望趕上他結婚的那天。茉奈，請你帶給他幸福。」

她眼中泛著淚光，懇切地看著我。

這時，嘴裡還塞著食物的柴田插嘴。

「到底在說什麼夢話？奶奶可是連蟑螂滅絕了都還能活得好好的呢。」

「別拿我跟蟑螂比喔！要就跟太陽[18]比！」

佐和奶奶以驚人的速度回嘴，淚光早已消失無蹤。

「我啊，當年老頭子還深情款款地對我說『妳是我的太陽』咧……呃，記得是說太陽，又好像不是，我也記不清啦！」

我忍不住哈哈大笑。柴田繼續大口地扒飯。

「辛苦了——哇，裡面好冷！」

18 原文是「天道様」，一種指稱掌管天地自然運行的力量，意指太陽或神明。也呼應後文中佐和奶奶提及與丈夫當年的互動。

祐實前輩踩著跟靴走進倉庫，將抱著的紙箱放在地上，然後雙手環抱胸前取暖。

我和小坂穿著厚實的防寒外套。暖氣雖然已經開到最強，但效果有限，只好再點燃藍焰煤油暖爐，然後將斜對角的窗戶敞開保持通風。

小坂搬來一張摺疊椅放在暖爐前，讓前輩坐下。我和小坂也各自搬著椅子過去，三人圍坐在暖爐旁取暖。

「前輩的身體還好嗎？」

那場釣魚聯誼會之後，又過了一個多星期。

「我現在狀況非常好！上次給你們添麻煩了，抱歉啊。」

「哪裡，前輩平安無事最重要。」我正想這麼說，卻被小坂搶先一步。只見他綻放出熱情的笑容說道，「哪裡，前輩平安無事最重要！」

「市川，聽說妳向商品部提案引進新產品，提案好像已經通過了喔。」

「真的嗎？太好了！」

其實一開始，我先找自家的物流部課長商量，請他向商品部提案。但課長卻擺出一副不耐煩的態度，推託道：「這個嘛，產品的品項增加了，也會連帶增加物流管理上的麻煩，大家的工作量會變多喔。」

我一聽就知道不用指望他了，這才直接找上了商品部的同事。當然，礙於部門倫理，我不能貿然去找商品部的課長，因此選擇了那位湊巧當天也在聯誼會現場、並且親眼目睹前輩一氧化碳中毒的採購同事。

我挑了幾項較有賣點的產品，簡單整理資料後進行了提案。對方立刻表示，會提交到會議上討論。

「妳提案了什麼產品？」

小阪好奇地問。

「一氧化碳偵測器。現在也很流行單人露營，而且不時就會發生大雪期間車內一氧化碳中毒致死的意外，我才想引進這項產品。」

「妳真敢去跟別的部門提案。」

小坂帶著一絲驚訝和欽佩，長長地吐了口氣。

「小坂，你仔細回想，祐實前輩差點就死了。」

小坂的表情變得嚴肅起來。

「你不是也在現場嗎？還幫前輩披上了外衣？怎麼說這都是關乎生命的事，不能因為部門不同就放棄。」

「……你說得對。」

「當時，商品部的課長也來到旁邊，對倒在地上的前輩說了些失禮的話。我一時氣憤想出言反擊，但聽柴田說，祐實前輩當時似乎想阻止我。」

「難道……你覺得不要阻止你比較好嗎？」

祐實前輩微微側頭，露出一抹調侃的笑容。我也稍微和緩了原本緊繃的神情。

「當然不是，應該要謝謝前輩。」

「道謝就免了。提案能這麼順利，還是因為商品部課長採納了市川的建議。

雖然站在課長的立場，部門因為我的這場意外而多進了一批產品，心裡應該不太痛快，但既然下屬評估會熱賣，他也只能同意。比起當場抗議，妳透過工作來反擊，這才叫做帥氣。」

「還好前輩當時拉住我。」

「是嗎？還是店長先生的功勞。他看起來不好親近，卻散發出足以獨當一面的氣場。」

我點點頭表示認同。

「對了，祐實前輩，這是什麼？讓我幫你搬吧。」

小坂看著前輩放在腳邊的紙箱問道。

「這是我的私人物品，不用、不用。我還在慢慢整理呢。」

小坂的臉色變得陰鬱，疑惑地歪著頭。

「我啊，三月中就要離職了。」

祐實前輩淡淡地說出這句話。

我眨了眨眼，一時間說不出話來。

「什、什麼！」

小坂猛地站起來，他的驚叫聲響徹了整個倉庫。藍焰煤油暖爐的火焰微微晃動。

「我……我不喜歡前輩開這種玩笑。」

祐實前輩輕輕挑起眉毛。

「我沒有開玩笑，是真的……」她接著說，

「最近黑眼圈那麼重，也都是為了離職後的事業做準備。唔，硬要說起來，也算是事業吧。」

「為什麼突然要走？」

小坂像是按捺不住內心的不滿，質問起前輩。我趕緊拉了拉他的外套。

「並不是突然的決定，我考慮很久了。只是上個月在聯誼會遇到了市川你們，我才真正下定決心。終於輪到我來拚一次了。」

祐實前輩向我道謝，但我一時間不知該做何反應。

「要拚事業，在公司拚不行嗎？」

小坂不甘心地說道。

前輩輕輕搖頭。動作和緩，卻充滿堅定的意志。

「是因為課長嗎？」

「不是啦。」

祐實前輩苦笑著回答。

「那……那是因為老是在不同部門間調動？努力得不到回報？還是再怎麼努力都不像那些投機取巧的傢伙容易升職？」

「小坂，我不是因為討厭公司才離職的。」

她像哄孩子般的語氣緩緩說著。小坂的耳根微微泛紅、耳鬢的髮絲顫動。

「祐實前輩不會感到不安嗎？」

小坂努力從喉嚨擠出聲音。

「當然會不安。」
「那就留下來吧。你知道多少人嘗試創業卻失敗了嗎？這種事可沒那麼簡單！」
「哈哈，被進公司兩年的小朋友教訓了呢。你說得對。什麼都不做，就不會失敗。」
祐實前輩的表情變得嚴肅。
「但我更害怕的是，從未嘗試挑戰而後悔。與其猶豫不決、任由時間流逝，甚至終其一生懊悔不已，不如直面眼前的不安。對我來說，不去挑戰才是真正的失敗。鼓起勇氣挑戰，至少失敗和成功的機會一半一半，不是嗎？」
此刻，耳邊浮現了柴田那句話。
不論一個人能力再強，只要被綁在別人掌控的組織中，就未必能嶄露頭角。
「既然如此，選擇適合自己的舞台戰鬥，也算是我的人生戰略吧。」
我依然拉著小坂的外套。我彷彿能聽見他捏緊拳頭的聲音。

「小坂覺得挑戰的風險太大，我則與你持相反的立場。本來嘛，每個人各有各的想法，也是沒辦法的事。」

祐實前輩淡淡地說道，語氣卻相當堅定。

「各有各的想法」。前輩都說到了這個地步，任誰也無話可說。我想，這正是前輩的決心吧。

小坂逐漸鬆開了手。

我也不再拉著他的外套。

小坂步伐沉重地走出了倉庫。

倉庫裡只剩下藍焰煤油暖爐的運作聲，以及冷冽寒風中的海浪聲。

我將昨天烤的迷你蘋果派遞給前輩。她接過後咬了一口。

「好吃！」

前輩雖然看起來有些疲憊，神情卻依然明朗。她仔細端詳著那咬了一口的蘋果派。

「能夠找到想全心投入的事物，人生似乎會變得柔韌且充滿力量。心也會變得強大。」

「柔韌嗎？」

「對啊。一旦遭遇難題或困境，那就是能溫柔接住自己的安全網。」

「原來如此。」

「市川，妳找到了呢。」

她舉起手中的蘋果派。

我點了點頭。

「和一同做生意的夥伴相處融洽，客人看了會感到安心，也更加信任你們販售的產品。坦白說，我從你和店長的身上得到了勇氣，那次意外暈倒的經歷也推了我一把。應該說是因禍得福嗎？自從那天之後，我就下定了決心。反正就算創業失敗，至少一條命還在嘛。」

我們相視而笑。

「我相信祐實前輩一定可以的。」

「妳這麼想嗎？」

「是的。但我並不是訴諸於決心或意志力這類論調。正是因為祐實前輩待過了這麼多部門，才能磨鍊出創業的必備技能。」

「其實，我也是因為想自己獨立出來做，才主動申請在各部門間輪調。」

「原來是這樣啊？」

「嗯，或許也能說是在輪調的過程中，逐漸產生了『說不定可以建立自己的事業』的念頭。究竟是先有想法、還是先四處輪調，如今也說不準了。不過，多虧了這樣的經歷，才能建立起外部人脈。」

「不愧是前輩。」

「還是得做好基本的準備。」

「前輩打算創辦什麼公司？」

「和這裡類似的。」

「哦，成了競爭對手。」

「哈哈，規模上是遠遠比不上的。畢竟這裡的業務相當廣泛。但我想做得更細緻，為每一位客戶量身打造專屬的服務。」

我一邊聽，暗忖著小坂說不定會要求跟著前輩創業。這時，祐實前輩突然開口，「我可以再吃一個嗎？」我愉快地再次遞上了蘋果派。

我注視著前輩打開玻璃包裝袋的指尖。她的指甲修整得乾淨俐落，表面上了一層護甲油，透出自然的光澤，邊緣的硬皮也清理過。或許，一個人的自信正是從這些細節中悄然展露出來。

她將蘋果派送入口中。

「酸酸甜甜的滋味，正好適合這樣輕鬆的談話。」

吃完後，祐實前輩將玻璃包裝袋小心摺好，握在手中。

「多謝招待。」

她站起來，打算收起摺疊椅。我說放著就好，前輩便爽快丟下一句「那就拜託了」，隨即抱起紙箱，以輕柔而穩健的步伐走出倉庫。遠去的鞋跟聲依舊清脆響亮。未來的她，也將繼續跨出凜然的步伐吧。

三月中，盛開的水仙將公司前庭染成一片檸檬黃。

剪了一頭俐落不及肩短髮的祐實前輩，手中捧著清新豔麗的花束，告別了公司。

小坂仍然是倉庫職員。

「我還以為你會跟著前輩走呢。」

我一邊將標籤貼在紙箱上、一邊說道。

「我也想跟她走啊。」

眼窩也出現了黑眼圈的小坂，一邊將貨物放上推車，微微嘟起了嘴。

「但我仔細想過了，我的能力根本還不夠。」

「這還需要仔細想嗎。」我在一旁吐槽。

「之前祐實前輩被上司找碴時，我一點忙也幫不上；一氧化碳中毒時，我什麼也做不了。這樣的我跟著她，很可能會成為她的累贅。」

「不是『很可能』，而是『一定會』。」

「市川也太過分了，從剛才開始就一直吐槽我。等我擁有足以幫上前輩的技能之後，我就去向她毛遂自薦。」

「說不定前輩是為了激勵你，才故意那樣說的。現在我終於明白了。」

「什麼？這是什麼意思？」

「自己去想吧，二年級新人。」

電話響起。我接起電話，是課長。

「商品課要求立刻提供包裝材料的總庫存量。嗯……明白了。」

我重複著課長的指令，心裡明白根本沒辦法「立刻」提供。就在這時，小坂拿著文件夾，朝儲放資材的倉庫深處走去。

「對了，最近都沒看到商品課的課長，是出了什麼事嗎？」

我問起課長。

「啊，他在應酬時喝太多得罪了客戶，正處於反省期。」

電話另一頭傳來輕蔑的嘆息聲，彷彿那男人的仕途已經被斷送了似的。

掛上電話後，也朝倉庫深處走去。忽然間靈光一閃，「小坂，等一下！」我叫住他。

我走回桌旁，很快撥通了總務課的分機，想確認他們是否想知道總庫存量。總務課向我解釋，「哦，不是總庫存量。我們只是打算利用年度剩餘的預算來補充幾項最常用的資材。」這樣就解決了，完全可以「立刻」提供。

寶藍色的天空中看不見一片雲彩。幾隻天鵝以低沉的嘶鳴聲彼此應和，揚起翅膀朝北方飛去。

陽光出乎意料的強烈。

柴田食堂屋簷上的融雪如寶石般晶亮。後院梅樹的一根根枝枒上掛著閃閃發光的水珠，好似一盞璀璨吊燈。

昨天積起了厚厚的雪，得用雪鏟推到停車場邊緣。

由於摻著雪水增加了重量，若勉強利用槓桿原理硬鏟起來，鏟子的塑膠部位很快就會裂開，是件勞心勞力的苦差事。

然而，眼前的柴田毫不費力地鏟著雪。汗濕的鬢角貼著幾縷髮絲，上身只穿了件單薄的棉質T恤，羽絨衣則隨意綁在腰間。他一邊揮動雪鏟，背部的肌肉和肩胛骨的線條格外分明。

柴田似乎察覺到我的視線，轉頭看了過來。

我重新握緊雪鏟，努力推著雪。

「呼——」

因剛才短暫停下休息，這次用盡全力也推不動。

突然間，雪鏟輕巧地向前滑動，我差點摔倒，趕緊抓住把手。是柴田在後面幫我推了一把。

「謝謝。雪水變多了，好重啊。」
「應該是最後一場雪了吧。春天快來了。」

第四章

竹莢魚南蠻漬佐紫蘇葉飯糰

四月下旬，行動餐車「&」即將迎來開張一週年。

佐和奶奶優閒地坐在食堂裡看電視購物節目。她一邊滑手機、一邊問道：

「拓海，明天在哪開店？」

正在處理竹莢魚的柴田摘下塑膠手套，拉下口罩擤起了鼻涕。只見鼻頭立時變得通紅，雙眼也滿布血絲，彷彿癢得難受。

「第一次去的白銀公園住宅公寓。」

他帶著鼻音回答。

佐和奶奶戴上老花眼鏡繼續操作手機。

不一會兒，她將手機螢幕朝向孫子，得意地說道：「好了，發文完畢。」水藍色小鳥的圖示旁，是一篇公告開店地點的貼文，文中加入大量的車子和飯糰符號，看起來十分活潑。

「佐和奶奶居然會使用社交媒體。」

「當然嘍，都是在市民活動中心的電腦課上學的。」

佐和奶奶一次又一次打破我對銀髮族的刻板印象。此外，她的時尚感也超乎一般人的想像：上身套著一件紅白條紋的運動衫，下身是黑白配色的條紋褲，猶如紅白幕和鯨幕[19]的驚人組合，已遠遠超乎一般人的穿衣品味，應該說是走在時代的尖端。

隔天，開發中的新社區白銀公園附近的停車場裡，一輛柑橘色搭配巧克力色的餐車「棕熊廚房[20]」已經進駐營業。

餐車的車身上繪有熊的剪影和店家LOGO，開店沒多久，就播放起輕快的背景音樂，吸引了長長的排隊人潮。和我們的「&」餐車一樣，主打各式美味飯

---

19 紅白幕在日本象徵喜慶和吉祥，常用於慶典、婚禮等場合；鯨幕則是黑白相間，通常用於神社等宗教活動，形塑典雅而肅穆的氛圍。

20 原文「Higu Kitchen」中，「Higu」為北海道代表性動物棕熊（ヒグマ，Higuma）的簡稱。店名和店家形象都加入讓當地人感到親切的在地特色。

糰。

「被搶先一步了。原來『棕熊廚房』在這裡開了分店。是那家連鎖的『棕熊廚房』沒錯吧？」

我對柴田說道。

「棕熊廚房」是經營得相當成功的連鎖餐飲品牌，在當地和外地共有十多家分店。

柴田盯著「棕熊廚房」的車身，從口罩下悶悶地回答，「嗯，就是那家。」

只見餐車前排滿了候餐的客人，車內員工忙碌的身影清晰可見。

旁邊立著搭配餐車顏色的雙色遮陽傘，下方擺放著桌椅。一旁的招牌上寫著「今日店長推薦」，並附上餐點照和華麗的名稱，如「搖滾飯糰」或「巴西豆飯飯糰」，但光看這些名稱，實在讓人難以想像味道。

一名男店員看向我們的餐車，我微微點頭示意，對方則轉而看向柴田，瞇起了眼睛。不知為何，心中湧起一絲不安。

柴田回視著男店員，掏出手機撥通電話，帶著鼻音開口，「您好，打擾了。」他向對方描述眼前的情況，似乎在抱怨事先並未接到通知，又像在進行談判。然而，看著那愈發深鎖的眉頭，以及逐漸鼓起青筋的太陽穴，腦中瞬間浮出「談判破裂」四個字。果然正如我所想。

柴田結束了通話，轉頭向我解釋，「我剛先向管理員確認狀況。」說完又低頭撥打手機，再次將手機放在耳邊，傳來接通的鈴聲。

「管理員一直在說些無關痛癢的話，說什麼就友善地共享場地吧。租金同樣三千，對社區住戶來說，多一輛餐車當然更好。但站在做生意的立場，來了一攤同樣賣飯糰的餐車搶客人，生意還怎麼做。」

「啊，喂喂……您好，我是『&』餐車的店長，一直以來承蒙您的照顧。現在方便通話嗎？」

柴田開始和對方交涉。只見他額頭冒汗、雙肩緊繃、左手反覆握緊膝頭又放開。看樣子他並不擅長這類交涉，但仍非常努力。

「今天方便過去嗎?抱歉這麼臨時……嗯,是的,麻煩您了……啊,好的!非常感謝,我們立刻過去。」

他生硬地結束了交涉後,隨即握緊方向盤,調頭駛去。

「換地點了?」我問道。

「嗯,大杉公寓住宅的業主同意了。還好平時都會多交些租金給他。」

「這點人情的確很管用啊。」

「跟奶奶學的。正所謂吃虧就是占便宜。」

「前人的智慧。但這樣也好,得趕快通知客人改在大杉公寓住宅駐點的消息。借我手機,我來發文。」

「麻煩你了。」

我接過柴田的黑色手機,在社群上發文道歉,並公告變更地點的消息。底下很快就有人回覆「會去!」,也有人說「太遠了沒辦法過去,好可惜」,卻也有人批評「臨時才改地點,根本沒考慮到顧客吧」。我打從心底理解這樣的評論,客人本來就不需要在意商家所遇到的困難。我只希望常客不會因此流失。

不久，客人陸續留言回饋。像是「這家很好吃！」、「能吃到現做的真不錯」這種正面評論就讓人忍不住微笑；但也有「餐點沒有新意」、「很普」、「我不喜歡梅子」、「以後乾脆就去別的地方賣吧」這類看了臉色一沉的負評。雖然不得不認同網友指出了「老闆的臉很臭」，但從完全不知道名字和長相的人口中聽到這些批評，還是不免令人皺起眉頭。

但我並沒有主動回應這些留言。

我將手機螢幕稍微轉向窗外，同時偷瞄了柴田一眼。

世上形形色色的人都有，各種評價在所難免，但一想到佐和奶奶也會看到那些刺眼的留言，心裡便有些鬱悶。

我長長嘆了口氣。柴田從我手中拿回手機。

大杉公寓住宅是市內規模相當大的社區。

柴田下車前，除了平時都會戴的口罩外，又戴上了一副外觀如護目鏡般的大眼鏡。

「花粉症嗎？真是辛苦。」

我同情地說。

柴田卻強硬地否認。

「才不是。只是碰巧這段期間眼睛比較癢，多流些鼻水而已。」

「這就是大家說的花粉症啊。」

「我可沒有花粉症。只是湊巧這些症狀發生在這個季節而已。」

「……這就叫花粉……」

「不是。」

「好啦，我是無所謂，但你要這副模樣在客人面前捏飯糰嗎？」

「還是得戴著，要不然在客人面前一把鼻涕、一把眼淚就糟了。」隨後又補上一句，「這樣可以嗎？」現在竟搬出「花粉症的症狀」試圖取得我的理解。

「沒辦法，花粉症就是這麼麻煩，說不定客人會因此不敢靠過來喔。話說回來，誰叫你老是繃著一張臉，要多練習微笑啦。」

「就跟你說不是花粉症！」

他既然不肯承認是花粉症，想必也沒吃藥，看樣子大概也從來沒去過醫院。

柴田嘴上邊嘟囔著「全身癢到不行，乾脆戴個面具算了」、邊摩挲著臉頰。感覺花粉症已經全面侵蝕他的腦袋。

社區的入口處正在鋪磚，我們將餐車停在附近，準備開店。客人逐漸聚攏，社區的住戶外，也來了不少附近居民和鄰近學校的學生。

我將社群上的負評拋在腦後，整個人逐漸被興奮與期待填滿，這種感覺不同於坐在公司電腦前的緊張與躁動，腦中彷彿分泌出另一種化學物質。

我一邊準備，不時向路人致意，遞上菜單，生怕錯過任何一位客人。

雖然有人看完菜單轉身就走，也有人提出餐點不合口味的批評，但沒有一個人像社群上的留言那樣出言攻擊。

我乘機宣傳新推出的甜點，盛裝在杯子蛋糕紙杯裡的優格蛋糕。

混入櫻花餡、帶著淡淡粉桃色的優格蛋糕特別受女性客人青睞。烤成焦糖色的表皮上點綴少許鹽漬櫻花和銀粉，以透明點心袋包裝後，整齊地擺放在籃子裡。

一早，佐和奶奶試吃後大加讚美，「蓬鬆又綿密溼潤，甜度剛剛好！」

許多客人也覺得小巧的點心方便與鄰居或同事分享，一次就買了好幾個。

一位坐在電動代步車上的老太太滿意地說：

「銀粉點綴在表面，看起來很精緻。」

「感覺氣質都因此提升了呢。」另一位三十多歲牽著小女孩的母親，輕巧地從籃子裡取出一塊蛋糕，微笑說道，「黃色、粉桃和銀色組成華麗的色調，看了心情會變好喔。」一旁的小女孩興致勃勃地問我，「是真的櫻花嗎？」

「是真的喔。」

「哇！」小女孩驚呼一聲。

「這孩子啊，總是很關心是不是真的食物。」

那位母親帶著歉疚說道。

「是啊，我明白。我小時候也是這樣。但長大後，不知不覺就沒那麼在意了，老是隨意吃些市售的、根本不曉得成分的食物，甚至連是不是肉都不知道呢。」

電動代步車上的老太太也搭腔，

「我也是，畢竟方便又省事嘛。」

小女孩的母親點頭認同，臉上卻仍流露出幾分歉疚，微微皺起眉頭。

「我知道太常外食會造成身體負擔，只是有時候太累了，根本沒力氣下廚，才會養成這種習慣。」

「偶爾的話倒也沒關係啦。」

「我們家的飯糰用的都是當地的新鮮蔬菜和肉類，從食物的源頭用心烹調。要是沒時間下廚，請隨時前來光顧。」

我乘機幫飯糰打廣告。旁邊的老太太放聲大笑，稱讚我很會做生意。

「這是什麼口味？」小女孩問道。

「這個嗎？是優……」

話才說一半，那位母親就對我露出抱歉的表情，伸出食指放在嘴前，以嘴型不出聲地說：「她不太喜歡吃優格。」

我會意地點點頭，低聲對小女孩說：

「這是隱藏版口味喔！你猜得出來嗎？」

我將試吃杯遞給她。小女孩信心滿滿地說：「當然猜得出來！」說完便開心地嘗了一口。

我和那母親四目相交，不禁會心一笑。

「你猜到了嗎？」

我問小女孩。

「嗯……」

她搖晃著小腦袋，往上飄的黑眼珠努力思索著，想得太入神，看起來就像在翻白眼一樣。

「不知道！可是好好吃！」她說。

「是吧！謝謝妳。」我對她微笑。

「隱藏版口味到底是什麼？」

小女孩搖晃著小腦袋追問。母親笑著對她說：「既然是隱藏版，當然不能告訴妳啊。」接著又問，「還想吃嗎？」小女孩用力地點點頭。於是那母親買了幾個優格蛋糕，心滿意足地朝我使了個眼色。我也偷偷回以豎起的大拇指，目送這對母女離開。

「謝謝光臨！」柴田一邊說、一邊發出「哼唧」的聲音。

「哼唧、哼唧」我輕聲模仿。

柴田連續發出了幾聲「哼唧」，還隨著聲音輕輕點頭。

我忍不住轉頭看他，問道：

「怎麼了？你在打噴嚏嗎？」

柴田沒有回應，只是再次「哼唧」了一聲，隨後猛地點了下頭。看樣子的確是在打噴嚏。這反應讓他看起來更像柴犬，可愛得讓人一肚子火。

「都知道優格有助於抑制花粉症，那就多吃點吧。」

「我吃了。但我是因為喜歡吃。早跟你說我不是花粉症。不過，可能也因為吃了點優格，這些類似花粉症的症狀緩解了不少。喂，市川，你在聽嗎？」

我沒有回應，只打了一個大大的哈欠。

回到柴田食堂，收拾完畢後，和佐和奶奶三人圍坐在大桌旁，開始享受茶點。

柴田拉下口罩，吃著優格蛋糕，那副放鬆的神情沐浴在和煦的陽光下，就像瞇著眼做日光浴的柴犬，光看就教人心情愉悅。

我啜了口茶，再咬下一口蛋糕。蛋糕口感溼潤，牛奶和奶油香氣濃郁，平衡了酸味，呈現出不同於砂糖或蜂蜜的醇厚甘甜。

「真好吃，對吧，拓海？」佐和奶奶轉向柴田。

柴田沒回答，仍津津有味地吃著蛋糕。

「喂，拓海，覺得好吃就要說出來喔。」

她一臉正色說道。

「佐和奶奶，拓海因為花粉症有點鼻塞，現在可能吃不太出味道。」

「我不是花粉症！」

柴田立刻否認。

「鼻子塞住了，耳朵還很靈敏呢。」

這時，門外傳來一陣引擎聲和車門開關的聲響，玄關的推拉門被打開。一名身高約一米六、肩膀寬厚、脖頸粗壯的男人走了進來，臉頰上長著一顆顯眼的痘痘。是猿賀。

「來嘍——」

佐和奶奶一邊起身、一邊回應，然後將手中的優格蛋糕遞給猿賀。猿賀一手接過蛋糕，盯著她說：「哇，佐和奶奶，太潮了吧！你這身黃黑相間的警告色調洋裝也太霸氣了，到底是去哪買的？」

說完，他小心翼翼地撕開了邊緣的杯膜。

「伊夢樂[21]啊。」

「奶奶還真敢穿！哦，蛋糕超好吃的，超棒。喂，柴田，我送菜和米來啦。嗨唷，市川小姐，你還在和這傢伙混啊？」

說著，猿賀一口吞下蛋糕，順手將點心袋扔到桌上，雙手搭上了我的肩膀開始用力按壓。

「好、好痛！」我忍不住大喊。

猿賀的力氣很大。這時，柴田站了起來，將手放在猿賀的手上。猿賀一轉頭，迎面就是柴田「哼唧」一聲的大噴嚏。

「送貨辛苦啦。」

「你這小子，打起噴嚏倒是挺可愛的。但是朝別人臉上打噴嚏太差勁了吧。」

猿賀鬆開了我的肩膀，抹了抹臉。

柴田和他並肩走出食堂。

「柴田，明天在哪擺攤？」

「東白山台的櫸公園。」

「那一帶都是住宅區吧。那後天呢？」

「後天在南部町的超市舊址，也是比較冷清的地點。」

「都是些沒有人潮的地方！該挑些熱鬧的景點了吧。」

「下週會去十和田。」

一週後。

蔚藍的晴空下，十和田市官廳街大道已經開滿櫻花，花朵緊密簇擁、隨風搖

21 原文是「いまむら」，作者應是參考日本的平價流行服飾賣場思夢樂（しまむら）而命名。

曳。這條街道上種植了超過一百五十棵櫻樹，一眼望去彷彿瀰漫著淡粉色薄霧，廣闊的步道上散落著幾尊馬的雕塑，水道中點綴漂浮的櫻花瓣，形成一幅夢幻景象。

人潮洶湧，吸引了不少攤販，廣場上的市集熱鬧非凡。我們駛近預定的攤位，發現旁邊停著一部柑橘色搭配巧克力色的餐車。

「那不是『棕熊廚房』嗎？」

「又來了，真煩人！」柴田明顯露出不滿的神情。

「最近不管去哪裡駐點，都會遇到他們的餐車。雖然不是同樣的地點，但都在附近，搞得我根本無法做生意。」

「棕熊廚房」的餐車前已經排起了長長的隊伍。

一名男子從餐車後門下了車，他身穿廚師服，戴著眼鏡和口罩，身形修長。男子看向我和柴田時，臉上露出一抹挑釁的微笑，顯得自信十足。

柴田將餐車停好後，走下車。

廚師打扮的男子則一直以眼神緊盯著他。

察覺到兩人間的火花，我也連忙下車。我暗忖著，要是柴田按捺不住衝上前，非得拉住他不可。

「真巧啊，柴田。」

廚師服男子的聲音尖銳且帶著鼻音。他似乎想展現威嚇的氣勢，但看起來毫無威懾力。

兩人向彼此走近。柴田的身材明顯較高大結實，對方則偏纖瘦精實。

「為什麼到哪裡都會遇到你？」

「我看是你在跟蹤我吧？」

男子露出冷笑，目光上下打量著柴田。

「難不成你以為我在追著你跑嗎？」

男子聳了聳肩，臉上浮現一抹假惺惺的微笑。

「柴田，和氣生財嘛，我們可是老同事啊。」

說完，男子便輕聲嗤笑著轉身離去。

我們著手準備開店。首先進行消毒，擺放調味料，在車身掛上裝飾布條，再來布置出餐檯，放上籃子，將優格蛋糕排列整齊。

儘管客人絡繹不絕，但比起「棕熊廚房」，生意還差上一大截。漸漸地，對方攤位的人潮源源不絕，而我們卻常常一個客人也沒有。

空閒時，我只能反覆擦拭出餐檯和桌椅，看著桌面愈來愈亮，我的內心卻愈發感到空虛。

陽光變得強烈，我躲到出餐檯的遮陽篷下，觀察「棕熊廚房」前排成長長的人龍。看著對手的生意如此興隆，心中真不是滋味。但我想，柴田肯定比我更不好受。

這時，廚師服男子從出餐檯冷冷地斜睨著我們，還從鼻子輕蔑地哼笑一聲。我一時火氣上來，幾乎想朝男子比中指……但還是努力壓下心中憤怒。或許是這段期間，原本衝動的自己已在不知不覺中學會了忍耐與包容。這一切，或許都是柴田的功勞。謝謝你，柴田。

柴田連續打了幾個噴嚏。

「沒事吧？該不會有人在背後講你壞話吧？還是花粉症又發作了？」我關切地問道。

「我以前工作的餐廳就是『棕熊廚房』。」柴田低聲說道。

「剛才來挑釁的傢伙，」我循著柴田的目光看過去，廚師服男子正從客人手中接過錢。

「那傢伙叫樋口和也，是老闆的兒子。他之前是主廚。」

「你們是同期嗎？」

「他比我晚兩期。」

我靠在車身上，目光停留在名叫樋口的男子身上。

只見他收好錢，擤了擤鼻子，重新戴好口罩，接著在手上噴了些消毒液。

他身旁一名女性正專心製作飯糰。她將白飯熟練地壓進模具，然後，快速翻面，一下子就做出了三個，手勢相當俐落。

「每年，我們餐廳都會舉辦比賽，在比賽中成績出色的人就有機會升遷。類似一種升級考試。」

「你們算是競爭對手嗎？」

我忍不住追問。

「其實，我一點也不打算和別人競爭。老實說，只要能好好做料理，我就心滿意足了。」

「就算你這麼想，但樋口可能不這麼想。畢竟你們曾在同一個廚房裡工作。」

「或許吧。但身為老闆的兒子，我想他也承受不小的壓力。」

「身為老闆的兒子，無論參不參加比賽，應該都能順利晉升高層吧？不過，老闆看起來並沒有偏袒他。」

「的確沒有。這也是為什麼我從料理學校開始就跟著老闆學習，在那間餐廳足足待了八年。」

「原來如此，有一位公正可靠的上司，餐廳業務才能不斷拓展。」

「啊，」柴田露出一副恍然大悟的表情。「之前猿賀提到樋口的『新事業』，原來就是指行動餐車。」

「說不定樋口一直在關注我們的社群，要不然怎麼會這麼頻繁碰上？或者……雖然不好說，難道是場地負責人或主辦方洩漏了地點？」

「不太可能。大型市集活動自然另當別論，但像這樣租借社區的空地擺攤，一般來說都需要長期合作的默契，也少不了人情及足夠的信任感。當然，不太可能立刻就與新駐點的場地業主建立多深的交情。不過，就算業主不同，即使租借的攤商位置靠得再近，通常也不會加以干涉。」

又有路人朝「棕熊廚房」走去。果然，連鎖餐廳的招牌就是能吸引人流。再這樣下去，客人都要被搶走了。

「要不然，先暫停在社群公告地點？」我問柴田。才說完又遲疑著說，「唔，說不定反而讓客人變得更少……」

「我也這麼想。但我認為問題不在社群。」

「什麼意思？」

「社群上的公告都是前一天才發文。可是，流動攤位的場地預訂通常無法臨時申請。除非像我一樣和業主熟識，可能還有機會臨時湊數。不過，大多數情況下，從申請到出借需要幾天到一個月不等，所以即便是有名的『棕熊廚房』，臨時申請也不見得會通過。」

「老闆，我想點……」

客人上門了，我們停止討論，專心接待這位難得的顧客。他買了一份竹莢魚南蠻漬佐紫蘇葉飯糰和優格蛋糕。

接下來客人依然稀稀落落。

眼看無事可做，我對柴田說：

「之前我問過你，為什麼決定經營行動餐車，對吧？」

我和柴田說話的同時，已經將能擦拭的地方全擦得光亮無比，剩下的時間就靠著車身，無所事事地交叉雙臂，重心在雙腿間轉移。路過的行人八成還以為我們在練習哥薩克舞呢。

「你當時說，想為那些無法到店用餐的人，提供能快速享用的餐點。這背後有什麼契機嗎？」

「嗯。」柴田停頓片刻，彷彿在整理思緒。

「我即將從料理學校畢業時，爺爺住院了，食堂也因此收了起來。爺爺不喜歡醫院提供的膳食，一直吵著要吃奶奶做的飯。雖然我帶過去了，但他還是滿腹牢騷，抱怨飯菜不是剛做好的。當時，覺得這老頭麻煩極了。」

「沒辦法，住院時吃飯可是唯一的樂趣呢。」

「差不多吧。和爺爺同病房的患者也這麼說。」

「一般來說，病人應該想吃味道較重或油一點的料理？」

「其實，不管是我爺爺，還是同病房的患者，他們都更想吃過去常吃的東西，而且最好就像待在家裡一樣，直接吃到現做熱騰騰的料理。只不過，他們當中大多數都沒能如願，就這樣走了。爺爺常常落寞地盯著一張張空出來的病床。」

柴田打了個噴嚏，混著濃重的鼻音接著說道：

「後來，爺爺時而清醒、時而神智不清，醫生便建議，他想吃什麼都讓他吃。等他搬到附廚房的小單人房，我和奶奶照他的喜好下廚，燉仙貝湯，還當場捏梅子飯糰。他不喜歡浪費食物，所以我做了一口大的飯糰。雖然身體機能大幅衰退，但那固執的老頭子還是全掃光了！當時，他一臉得意洋洋地看著我，好像在說『看吧，還是吃得完』。其實，都是因為我們做的分量比較少。不過，爺爺仍努力宣告他還能活下去。」

柴田又「哼唧」一聲，打了個響亮的噴嚏。他順手拿起紙巾，稍微拉下口罩擦去鼻涕，然後將紙巾扔進垃圾桶，重新戴好口罩。

「只是當天稍晚，爺爺的病情急轉直下。慶幸的是，最後他並沒有受苦，就像冰融化了一樣安詳離開。」

「最後，總算吃到了孫子和妻子親手做的現煮家常菜。這樣一來，爺爺才能懷著自信和希望走完最後一程。」

柴田深深地看著我。

我也迎向他的眼神。彷彿能聽見胸口怦怦的跳動聲。

柴田的視線移向電鍋。

「我從爺爺身上學到了『食物之於人的意義』。總有些人無法走進店裡，既然如此，換我走向他們。這就是我創業的動機。」

「為什麼選擇做飯糰店？」

「比起直接用碗吃，飯糰更好吃，又方便。拿不動碗筷的人也能吃。而且只要更換餡料，即便量不多，也能為客人補充均衡的營養。」

「原來如此，也很適合體質虛弱或沒有食欲的人。彷彿能從中感受到料理者心意。」

對我來說，這很重要。

從「棕熊廚房」那頭飄來了辛香料的氣味。

一對情侶邊走邊咀嚼著飯糰，從我們面前走過。

「棕熊廚房」的餐車後門前隨意堆放著裝蔬菜的紙箱。怎麼說都是裝食材的紙箱，身為倉管人員實在看不下去。

仔細一看，紙箱上印著「猿賀農場」的綠色字樣。我想起上週猿賀來送菜時，聽說了我們會來這裡擺攤，心頭隱隱浮上不祥的預感。

「柴田，不然我們換個地方吧？」

我向他提議。柴田滿臉疑惑地看著我。

「雖然已經租下了攤位，但也不是非得一直守在這裡不可。其他地方也有客人啊。」

腦海中浮現祐實前輩的身影。沒必要非得固守在一個地方，而是在適合自己的地方一決勝負就好。

「雖然很不甘心，但在這裡待再久客人也不會更多，還不如毅然放棄，尋找別的地方做生意。還有很多人沒嘗過柴田美味的飯糰呢。當然，我那小巧華麗又超美味的優格蛋糕也是。」

柴田沉默半晌，挺起胸膛，看了我一眼，然後微微低下視線，低聲嘟囔著，「平得像用刨子刨過一樣。」

「你說什麼？」

「沒什麼。」

柴田轉身開始整理流理台面。

雖然剛才那句話讓人有點火大，但一想到他採納了我的建議，心裡不禁一陣雀躍，也連忙幫著一起收拾。

「哦，怎麼了呀？現在就要收攤了？」樋口一手插進廚師外套的口袋，笑著朝我們走近，但仍和我們的餐車保持一段距離。

「都付了攤位費，不待好待滿不就虧大了嗎？」

他語帶挑釁，一邊吸著鼻子。

柴田停下手中的動作，靜靜地注視樋口。平靜的眼神中透著冷峻。

在柴田的凝視下，樋口閉上了嘴，面無表情地看著柴田。

柴田緩緩戴上手套，拿出一只保鮮盒，掀開蓋子。接著，他從電鍋裡舀了些白飯放在手心，取出保鮮盒裡的紫蘇和竹莢魚南蠻漬，開始捏飯糰。我在一旁靜靜地看著。樋口則全神貫注地盯著他的動作。

柴田在飯糰外包上了一層海苔，然後放進包裝盒，伸出手向樋口說了聲「拿去」。

樋口皺了皺眉，臉上明顯露出困惑的表情。

「忙得連工作餐都沒時間準備吧？要是有空找我們聊天，還不如先填點肚子。」

我從柴田手中接過包裝盒，遞給樋口。

樋口的視線在包裝盒和柴田之間遊移著，然後小心翼翼地伸出手，接了過來。

我們準備收攤，樋口則站在原地，手裡捧著裝飯糰的盒子，默默看著我們。

我們移開輪擋，坐上車並繫好安全帶後，原本保持一段距離的樋口才慢慢靠近。

柴田打開車窗。

「柴田，你變了。」

樋口露出嘲諷的神色。但神情中混雜著一絲憤怒和痛苦的複雜情感。

「以前你除了做料理和吃飯，老是板著一張臉，對人愛理不理，好像要你多說點話就會少塊肉似的，話少得要命。」

他隔著柴田瞥了我一眼。我毫不示弱地瞪回去，至少眼神上絕不能輸。

「不過，有一點倒是沒變。」

樋口舉起手中的便當盒，說道：「還是那麼愛操心別人吃飯的事。」

柴田一言不發。等樋口從車身旁退開，他才關上車窗，發動引擎。從後視鏡看出去，樋口的身影愈來愈小，拐了個彎後就看不見了。

正午過後，我們駛進十和田市，遠離市中心，四下搜尋沒有商店或便利超商的空地。

十和田市一眼望去平坦寬廣，農田無邊無際，視野相當開闊，天際與田野交織相連。

我們鎖定了一座擁有大型碎石停車場的民宅。院內壢著兩座鐵皮搭建的小倉庫，裡面放著農用機具。

我們將餐車停在民宅前，朝著主屋走去，按下門鈴等候。

屋內傳來狗的吠叫聲。一輛資源回收車播放著錄製好的宣導內容，從我們身後緩慢駛過。

一名老人從屋裡走出來，脖子上掛著一條印有信用合作社字樣的毛巾。

柴田繃著一張臉，生硬地向老人解釋來由。我則在一旁努力陪笑。最後我們兩人一起深深鞠躬。

老人笑著說：「這一帶附近沒什麼店，你們能過來真是幫大忙啦。」還替我們向鄰居打了聲招呼。

我們再三感謝後就立刻開張。客人陸續上門，想吃手作飯糰的獨居老人、嚷嚷著忘了煮飯的主婦、工作累到懶得下廚的男性上班族、無暇出門採買的年輕媽媽、操作電動代步車的老人、抱著足球的小學生……柴田的客製手作飯糰大受歡迎，居民還邀請我們下次再來。

提供試吃的優格蛋糕也很快銷售一空。

顧客逐漸散去後，我們收攤向老人道別。我請老人推薦下一個營業地點，一旁的柴田似乎大感意外，愣愣地看著我。離開後，我困惑地問道：「剛才怎麼了？」他只淡淡地說：「很機靈啊。」

我雙手叉腰，瞇起眼睛看著他。

「有什麼不滿儘管說。」

「沒有，很可靠喔。」

還以為他會反擊，反倒是我聽了這句話後說不出話來。柴田輕快地跳上了駕駛座。

看著心情似乎相當愉快的柴田，我也露出了微笑。

「走吧，上車。」

他在駕駛座上向我招手，我連忙小跑步跳上車。

夕暮時分。看著食材一掃而空的餐車，我的心情輕鬆了不少。我們回到了八戶。

柴田一如既往打掃起餐車，我負責將用具搬回大廚房。往返廚房和餐車之間的次數愈來愈少，我內心充滿了欣慰與成就感。

「今天比較晚回來，發生了什麼事嗎？」

佐和奶奶露出意味深長的笑容。我也回了她一抹意味深長的微笑，然後在她面前展示空空如也的飯鍋和竹籃。

「今天生意超好！銷售一空。連梅乾也一顆都不剩。」

「哎呀，真是太好了！我也感覺幹勁十足了呢！」

佐和奶奶的臉上閃耀著光彩。

「肚子餓了吧，該來做飯了。」

佐和奶奶說著便捲起袖子。

我開始清洗餐具。好累啊，但累得好滿足。

如果今天市集上沒有「棕熊廚房」，我們應該會更早賣完收攤，但也許就無法遇見那些向我們道謝的社區居民，也無法體會到被邀請再訪的喜悅。

「十和田的櫻花怎麼樣？」

「已經開得很漂亮了。這還是我今年第一次賞花呢。」

「公司裡也有賞花會吧？還是這個年代沒人要辦了？」

「還是有的，只是我很少參加。」

公司每年都會辦賞花會，但我只有剛到職那年參加過一次。可能是因為在同時舉辦的迎新會上出了糗，後來也沒被再邀請。

「可是，一邊要招呼客人，根本沒空好好賞花吧？」

「那倒不會。今天去的地方很棒，下次佐和奶奶也一起去吧。」

「哎呀，鎮上也要辦賞花會呢。我現在已經開始期待當天要穿什麼了。」

佐和奶奶滿臉紅光，喜滋滋地說道。

「佐和奶奶，可別搶了花的鋒頭啊！」

我開玩笑地回應，並與奶奶相視一笑。

就在這時，食堂外傳來響亮的喇叭聲。

「到貨啦——」

是猿賀。

我沖去手上的泡沫，走出店外。

輕型卡車的車頭燈劃破黑暗，照亮了餐車側面。猿賀跳上車斗，將蔬菜一箱箱交給柴田，他接過後放在地上，紙箱堆疊在一旁。

「嗨，市川，最近如何？還在跟這傢伙混嗎？」

猿賀一看到我又戲謔地問候。

不同於先前輕鬆的語調，我只禮貌地回了聲「你好」，然後看向柴田。

柴田接過最後一箱蔬菜。一旁高高堆起的紙箱上，都印有「猿賀農場」的綠色字樣。

「最後一箱了吧？」

柴田向猿賀確認。「是啊。」猿賀答道，隨即跳下車，想要搬起地上的紙箱。

「接下來就我們搬吧。」

柴田的聲音比平時顯得更冷硬。

猿賀的下眼瞼微微抽動，似乎感到一絲緊張。他鬆開了紙箱，站直身子。

「……下星期打算去哪裡擺攤？」

猿賀一邊開收據，若無其事地問道。

柴田接過收據，在車頭燈的光線下仔細查看，然後深深地注視猿賀。

「還沒決定。」

面對柴田的眼神，猿賀露出一抹「露餡了嗎」的輕浮笑容，一口歪扭的虎牙閃爍著異樣的光澤。

「哎呀——果然還是被發現啦。原來啊。但可別怪我，畢竟是生意嘛。和『棕熊廚房』攀點關係對我們也有好處。怎麼樣，柴田，你打算終止合作？」

柴田停頓片刻，說道：

「這是兩回事。你們的蔬菜和米都很好，我希望繼續合作。」

猿賀的表情略顯僵硬，但隨即皮笑肉不笑地回道：「能這麼公事公辦，倒真是幫了我大忙。」說完，他迅速轉身鑽入駕駛座。

輕型貨車頭也不回地駛出停車場。

引擎聲愈來愈遠，消失在夜色中。柴田深吸一口氣，默默地將紙箱搬進店裡，一句話也沒說。

面對小學時代好友的背叛，他似乎並不顯得震驚或失望。

——人只能靠自己，連自己都不可靠了，還能仰賴誰呢？

柴田的那句話再次浮現耳邊。

他真的誰也不信任嗎？

如果真是這樣……

他是不是連我也信不過？

他曾說，就算少了我，他照樣能開店。他說的一點也沒錯。

想到這裡，我的胸口驀然一陣冰冷。

柴田是否信任我，那是他的自由。我只想讓他知道，我並不會像猿賀那樣背叛他。只是我不知從何開口，也找不到時機向他坦白，就這樣注視著他的背影。

柴田搬完蔬菜回來，食堂內的燈光從身後映照出他的身影，我看不清他的表情。

我保持沉默，目光落在最後一個紙箱上。應該很重吧……沒想到出乎意料地輕，我用力過度一個踉蹌摔坐在地上。柴田連忙抓住我的手臂，粗魯地將我拉起來。

「妳在搞什麼鬼？」

他的話聲中帶著幾分揶揄。不過，聽到那一如既往惹人厭的語氣，我心裡反倒鬆了口氣。現在應該說得出口了吧。

「你說的沒錯，人還是只能靠自己。這表示就算少了我，餐車也撐得下去，甚至可以做得更好也說不定，對吧？」

柴田聽了我這番話，疑惑地歪著頭。

「我並不奢望你依靠我，也不認為餐車少了我就做不下去。但我絕不會做出背叛你的事。絕不會。」

抓住我手臂的那隻手，關節突起，手背上浮現出一道筆直的骨骼線條。小學時那雙胖乎乎的手，如今只剩下回憶中的畫面。不知怎的，我想起了千代女士的手。柴田曾說喜歡千代女士的手，然而，眼前這手卻與她的截然不同。

「當年，你吃了我的營養午餐。而現在，你不僅做飯給我吃，還幫我賣起了甜點……但並不是因為這些。就算什麼都沒有——」

我到底想說什麼——

我抬起頭看著他。

因為我喜歡你。

「總之，我絕不會背叛你。」

逆光下，看不清柴田的表情。

柴田靜靜地呼吸著，低聲說：「就算沒有你，餐車還是會繼續跑下去。」

但那隻手握緊了我的手臂。

「可是，留下來。」

語氣平靜而柔和。

然後，他放開了我的手臂，溫暖的血液又開始流動。

柴田環抱起我剛才掉落的紙箱，朝明亮的食堂走去。
我深深吸了一口氣，追了上去。

大廚房裡彌漫著咖哩的香氣。佐和奶奶正在攪拌一大鍋咖哩。
柴田放下紙箱後又往外走，就剩下清理餐車了。
我留在大廚房，幫忙洗餐具。
「看來有些進展了吧。」說完，佐和奶奶依然背對著我。
「感情有些波瀾才好啊。」
我一時不知該做何反應。她接著說：
「這才是進一步發展的契機。」
「契機……」
「是啊。你知道拓海為什麼會開始做料理嗎？」
「聽說是因為家政課。」

「那也是原因之一。但可不只是為了上課。」

佐和奶奶說話的同時，咖哩也煮好了。我走出大廚房，到停車場找柴田。柴田正在餐車上默默拖著地。

「柴田，要開飯了。今天是咖哩喔。」

我從餐車後門向柴田的背影喊道。他回過頭來，嘴角微微揚起。

「那是奶奶的拿手菜。竹莢魚咖哩佐紫蘇，最後再淋上優格醬。」

那天，八戶市在絢爛的夕陽下染得一片紅。

雖然這次同樣來到了市內的住宅區，但並沒有遇見「棕熊廚房」。

「不打算針對我們了嗎？」我問柴田。

「誰知道。不過，站在商業的角度，也不能怪他們這麼做。」

「是嗎？」我嘟囔著，「我就不會選擇那種做法。」

「嗯，當然嘍。」

這時，餐車「&」駛上了不同以往返回食堂的國道。我正驚訝於柴田要去哪裡，不久，車子在一座河堤邊的公園停下。

公園內的櫻樹又將冒出新葉，草地上落滿了花瓣，在香檳金的夕陽照射下，呈現出難以言喻的絢麗。

或許是櫻花季已近尾聲，周圍的人並不多，只有遛狗和慢跑的人，感覺寧靜而祥和。

「要接著賣嗎？」

「不，今天收攤了。來賞櫻吧。」

「賞櫻？」

我眨了眨眼。

難道他還記得，我和佐和奶奶前段時間聊到了賞花，這才特地帶我來嗎？

「你在說什麼？」柴田朝我擺出了他一貫的臭臉。看樣子不像是特別帶我來，也可能早忘了那些小事。

「抱歉，我剛剛太得意忘形了！」

「到底在說什麼……」

我們捧著裝滿小菜的保鮮盒和包好的飯糰走進公園，將食物在大桌子上擺好。

旁邊的櫻花已經落了一半。每棵櫻樹凋落的速度都不一樣。

說是來賞櫻，但柴田看也不看頭上的櫻花，自顧自大口吃了起來。

整天下來都在為別人做飯糰的他，幾乎什麼也沒吃。

我驀然想起，佐和奶奶那天一邊做咖哩、一邊講起了柴田學料理的契機。

「拓海念小學時，常常放學後就跑來食堂。有次，他一進門就說：『奶奶，教我做美味的韭菜炒豬肝。』」

「韭菜炒豬肝……？」

「是啊。我問他怎麼突然想學這道菜。他說上家政課時，某位同學不肯吃他做的韭菜炒豬肝，當時他那張小臉露出了不甘心的表情。他又信誓旦旦地說，有朝一日要再做給那位同學吃。」

佐和奶奶抖著肩膀咯咯笑著。

我不禁湧上一股熟悉的感覺。

「當時的不甘心，成了他決心學習料理的契機。這都多虧了那位不肯吃韭菜炒豬肝的同學。」

「雖說那孩子的確是個契機，但最終選擇這麼做的還是拓海。他可以將不甘心當作動力，但也可以忽略這份心情。而他選擇了前者。」

聽佐和奶奶說著，我突然發現自己和柴田的身影重疊了。打從學生時代就對自己的小鳥胃感到自卑，這才開始學做甜點。雖然中斷了好一陣子，但如今在柴田的建議下，重拾最愛的烹飪，甚至還將成品在餐車上販售。

「拓海說，那孩子吃到眼淚都快掉下來了。嘴巴裡被強迫塞進了一大口菜，臉頰鼓得就像倉鼠的頰囊，拓海邊形容邊笑個不停，說那模樣實在是太滑稽了。」佐和奶奶接著說道，也笑得合不攏嘴。

「倉鼠的頰囊……」

——臉鼓成這樣好像倉鼠。醜八怪。

的確被這樣狠狠批評過。

從玻璃門望出去，我瞪了一眼正在擦拭餐車的柴田。

「我曾經問他，那是個怎樣的孩子呢？」

「不就是被他形容成像倉鼠的醜八怪嗎？」

「不是。他只說是『老是說謝謝的孩子』。」

啊，從來沒發現……

「拓海說，再次見到那孩子時，她一點都沒變，還是會在餐車旁撿垃圾、幫忙看顧客人的孩子。拓海平時很少說擺攤的事，卻特地告訴了我。」

佐和奶奶欣慰地瞇著眼。

原來他一直在旁邊看著。

「從韭菜炒豬肝事件之後，拓海就常來廚房裡幫忙。還會把一些做好的菜帶回家，端上桌給大家吃。」
「家人想必都很開心吧。」
「是啊，不斷誇他『很會做嘛』、『真好吃』，還向那孩子道謝。他真的很高興喔。」
佐和奶奶愉快地說著，但很快神情又黯淡下來。
「不過，我兒子和媳婦都是大忙人，加上拓海在家排行老二，上面有個成績優秀的哥哥，下面則是備受寵愛的妹妹，往往被大家給冷落。隨著年紀增長，拓海和家人間愈來愈疏離，他也絕口不提自己的想法。或許這個家並沒有帶給他歸屬感吧。直到做了料理之後，臉上才慢慢露出笑容，還學會了取悅別人，懂得被誇獎、被感謝的心情。總算是找到了自己的歸屬。而這一切的原點，都要多虧那個不肯吃韭菜炒豬肝的孩子。」
我回憶起那天與佐和奶奶的談話，深深凝視著正坐在濃粉色櫻花前、細細品嘗家常小菜的柴田。

彷彿被柴田的食量感染，我也大口咬下飯糰。炸豬肝脆皮上淋上甘辛醬汁，細細咀嚼，美味從口中溢散開來。

「還是一樣沒有腥味，好吃又順口。柴田總是很為客人著想。」

「還好啦。」

清風吹拂，櫻花輕柔搖曳，殘餘的花瓣四下飛舞。柔和的花香隨風輕拂頸項。眼前的景色、花香和風的觸感都讓人無比平靜，內心悸動得幾乎想落淚。

我仰望天空，深吸了一口氣。

「對了，『&』快開業一週年了。恭喜你！」

我向柴田舉起咖啡杯。

柴田也舉起手中的咖啡杯，輕輕碰了我的杯子。然後將剩下的優格蛋糕全數掃光。

結束一天的倉庫作業，正要打卡下班時，物流課課長叫住了我，「市川，可以聊一下嗎？」

從課長透著幾分謹慎的語氣，我內心浮現出不祥的預感。該不會和我去餐車打工的事有關？

「這算是副業嗎？但畢竟還是有收費，說是副業也沒錯，但公司應該是允許副業的吧？還是說因為我建議商品部引進警報器的事被記恨上了，現在來橫加干涉？又或者是……」

我細細數著工作時間裡邊工作邊偷吃零食的次數……心裡一遍又一遍揣測著所有可能的原因，不禁有些緊張。

「想跟你談談調職的事。」

「什麼？」

課長把辭令推到桌面上，滑到我面前。

「是商品部的新任課長指名的。因為少了一個人，現在人手不足的樣子。」

我們公司在新年度開始後進行人事調動很常見。需要的時候隨時補足人手，這是我們的做法。

「不……我還是喜歡待在配送部。做這麼久，工作流程也熟悉了。」

「為什麼是我？」

「那是因為你提議的警報器。聽說銷售得不錯，於是採購部的人推薦了你。」

「警報器賣得好只是巧合而已。商品部的工作我能勝任嗎？」

陽光柔和，街道上的樹木閃耀著清新的光芒，公寓的花壇裡色彩繽紛的花朵在風中搖曳。

柴田終於脫下了護目鏡和口罩，露出一臉「預設的不悅」表情。等候客人期間，我打開了社交媒體檢查留言。一條負面評論跳了出來：

「味道淡」、「味道濃」、「女店員不合我口味」——不合我口味……？「出現時間不固定」，這倒是，這點接受，參考一下吧……可是「女服務員不合我口味」？忍住了想要記住這句話的衝動，現在算了，先擱著吧，接著看到一句「老闆，看起來像是會殺人那種哈哈哈」。

「工作中還在喝水，真難以置信」，這是什麼意思。我氣鼓鼓地開始在鍵盤上輸入強硬的回覆。「冒昧回覆一下，本店老闆從未殺人。不過提醒您，我們店主的魚處理技巧堪稱一絕。」

「喂，那邊的倉鼠，別為這種東西動氣啊？」

某位人士冷不防插了句話。不過我並非倉鼠，繼續我的回應。

「市川，別理那些人了，別跟他們一般見識。」

我從櫃檯外仰望在廚房裡的柴田。

「這種無理取鬧的攻擊要是被當真了，萬一嚇跑了新客人怎麼辦？」

「怎麼選擇餐廳是每個人的自由。像這種人，就隨他去吧。」

「什麼？」

「而且，這種評價怎麼解讀也是他們的自由。有時候會有人覺得『能被罵成這樣的店』反而讓人感興趣，來店一試，最後還成了忠實顧客的例子也是有的。」

「還真是……飯店嘛，真會引人入『飯』呢。」

柴田無視了我全力開的冷笑話。

「聽著，我們的工作是提供飯菜。對付那些莫名其妙的酸民可不是我們的工作。再說，只要好好做出正經飯菜，客人也不會跑掉。」

「你還真有自信啊。」

「要是沒這點自信，我也不會出來獨立開店了，畢竟是『飯』店啊。」我笑了起來。

我注意到被一位爸爸抱著的嬰兒正目不轉睛地盯著柴田的那張冷峻臉龐，可能是覺得這樣的表情很稀奇吧。我提醒柴田「柴田，笑一個」。

柴田像被命令的柴犬般，條件反射地扭曲了臉。嬰兒突然哭了起來，爸爸慌忙地哄他。

「柴田，抱歉，是我不對。你不用笑了，我來彌補這份不足。」

「一會兒叫我笑，一會兒又說不用笑，到底想怎樣？」

「我領悟了，人各有擅長和不擅長的事。」

我和那位爸爸一起哄嬰兒，接下了他的訂單，並傳給柴田。客人開始三三兩兩地上門了。

兩位穿著公司制服的女性走了進來。

「你好！今天帶了鄰居一起來啦！」

「上次有幸分到你們的餐，味道很好，所以這次特地邀我一起來。」是新客人。

「謝謝，歡迎光臨！」

我轉身看向柴田。他做菜時的表情像散步中的柴犬，對這邊的情況毫不在意。

一些新顧客提到他們是在社群上看到這家店的。有些年輕女性是專程來看看這位據說極度冷淡的店主的。她們看著等候中的柴田，確實冷淡到了極致，然後又看著進入料理狀態的他，忍不住讚嘆「也太可愛了吧，那個表情也太萌了吧，如果說『坐下』，他應該真的會坐吧」，然後興奮地拍照。

飯糰做好了。

「讓您久等了。兩個含有滿滿鈣質的小魚乾飯糰。」

我將飯糰遞給了拄著枴杖的老先生。

「謝謝。能到這裡來真是幫大忙了。前陣子來這裡的另一家飯糰店雖然很時尚，但味道不合我的口味啊。我還是喜歡熟悉的味道。」

「是啊，吃慣了的東西才會買，讓人安心嘛。」一旁坐在電動車上的奶奶附和道，她正在等待蛤蜊佃煮飯糰。剛才還在打瞌睡，現在醒過來了。

「梅乾——梅乾——」小女孩一邊跳著，頭頂上的柔軟髮絲也隨著晃動。這是之前確認過酸奶蛋糕上的櫻花是不是假的小女孩。

母親一邊掏出錢包、一邊輕輕地責備女兒要安靜點。

「請給我兩個梅子飯糰。這孩子上次吃了你們的飯糰，發現裡面有真的梅子，興奮得不得了，一下子就吃光了。」
她的臉龐綻放出溫暖的微笑。
「還有，請給我五個蛋糕。」
「蛋糕！蛋糕！」
小女孩高興地跳了起來，似乎還沒發現裡面藏著優格。我將飯糰和優格蛋糕遞給她們，收下了錢。
「謝謝您！」
「也要謝謝你！」
我目送母女倆手牽手離去的背影。午後陽光帶著淡淡的顏色，包圍著她們。女孩伸手去接我拿著的紙袋。母親微笑著說：「好啊，那就交給妳嘍，要拿好喔。」
不知那小女孩長大之後，會不會想起曾和母親一起在黃色餐車前挑選飯糰的時光。知道自己怎麼開始吃優格的故事後，她會有什麼反應呢？紙袋在她小小的中變得很大，反射著陽光，微微顫動著。

「謝謝你，柴田。」

「謝我什麼？」

「謝謝你邀請我加入餐車。」

柴田似乎微微放鬆了緊繃的眼角。也許我看錯了，他的視線很快投向了街道。

「客人來了。」

一對情侶朝我們走來。

我微笑著迎接。

「歡迎光臨！」

MO0085
幸福移動餐車營業中！本日限定漬佐紫蘇飯糰，請慢用
養生おむすび「&」 初めましての具材は、シャモロックの梅しぐれ煮

作　　者❖高森美由紀
譯　　者❖周奕君
封面設計❖蕭旭芳
封面繪圖❖CLEA
總 編 輯❖郭寶秀
責任編輯❖林俶萍
行銷企畫❖力宏勳

事業群總經理❖謝至平
發 行 人❖何飛鵬
出　　版❖馬可孛羅文化
11563台北市南港區昆陽街16號4樓
電話：(886) 2-25000888
發　　行❖英屬蓋曼群島商家庭傳媒股份有限公司城邦分公司
11563台北市南港區昆陽街16號8樓
客服服務專線：(886) 2-25007718；25007719
24小時傳真專線：(886) 2-25001990；25001991
服務時間：週一至週五9:00～12:00；13:00～17:00
劃撥帳號：19863813　戶名：書虫股份有限公司
讀者服務信箱：service@readingclub.com.tw
香港發行所❖城邦（香港）出版集團有限公司
香港九龍九龍城土瓜灣道86號順聯工業大廈6樓A室
電話：(852) 25086231　傳真：(852) 25789337
E-mail：hkcite@biznetvigator.com
馬新發行所❖城邦（馬新）出版集團
Cite (M) Sdn Bhd
41, Jalan Radin Anum, Bandar Baru Sri Petaling,
57000 Kuala Lumpur, Malaysia
電話：(603) 90563833　傳真：(603) 90576622
E-mail：services@cite.my
輸出印刷❖前進彩藝有限公司
初版一刷❖2024年12月
定　　價❖380元（紙書）
定　　價❖266元（電子書）

ISBN：978-626-7520-37-6（平裝）
EISBN：9786267520352（EPUB）
城邦讀書花園
www.cite.com.tw

國家圖書館出版品預行編目（CIP）資料

幸福移動餐車營業中！：本日限定漬佐紫蘇飯糰，請慢用／高森美由紀著；周奕君譯. -- 初版. -- 臺北市：馬可孛羅文化, 2024.12
面；　公分
譯自：養生おむすび「&」：初めましての具材は、シャモロックの梅しぐれ煮
ISBN　978-626-7520-37-6（平裝）

861.57　　113017115